中华魂

ZHONGHUA HUN

百部爱国故事丛书

将军恨不抗日死

——慷慨就义的吉鸿昌

王丽波　编著

吉林人民出版社

图书在版编目（CIP）数据

将军恨不抗日死：慷慨就义的吉鸿昌／王丽波编著.
-- 长春：吉林人民出版社，2011.3（2021.8 重印）
（中华魂·百部爱国故事丛书）
ISBN 978-7-206-07512-4

Ⅰ.①将… Ⅱ.①王… Ⅲ.①故事－中国－当代
Ⅳ.① I247.8

中国版本图书馆 CIP 数据核字 (2011) 第 032574 号

将军恨不抗日死
——慷慨就义的吉鸿昌

JIANGJUN HEN BU KANGRI SI
——KANGKAI JIUYI DE JI HONGCHANG

编　　著：王丽波
责任编辑：刘　学　　　　封面设计：孙浩瀚
制　　作：吉林人民出版社图文设计印务中心
吉林人民出版社出版 发行（长春市人民大街7548号　邮政编码：130022）
印　刷：北京一鑫印务有限责任公司
开　本：787mm×1092mm　　1/16
印　张：8　　　　　字　数：64千字
标准书号：ISBN 978-7-206-07512-4
版　次：2011年3月第1版　　印　次：2021年8月第2次印刷
定　价：35.00 元

如发现印装质量问题，影响阅读，请与出版社联系调换。

总　序

　　《中华魂》是一套故事丛书。它汇集了我国自鸦片战争以来一百八十余年间的近百位民族英雄、仁人志士、革命领袖、先进模范人物的生动感人事迹，表现了他们作为中华儿女的伟大的爱国主义精神。

　　爱国主义是人们对于"生于斯、长于斯、衣食于斯"的祖国的一种神圣感情，是人们对于自己民族的一种强烈的责任感和使命感，是感召和激励整个中华民族的一面永不褪色的旗帜。在一百多年的中国近现代史上，爱国主义一直激励着中华儿女为祖国的独立、统一、进步和繁荣而英勇奋斗。从"苟利国家生死以，岂因祸福避趋之"的林则徐，到"我自横刀向天笑，去留肝胆两昆仑"的谭嗣同;从"铁肩担道义,妙手著文章"的李大钊,到"青春换得江山壮,碧血染将天地红"的赵一曼;从"县委书记的好榜样"的焦裕禄,到"问鼎长天,扬我国威"的邓稼先……都表现出了强烈的爱国主义精神。正是由于热爱祖国的人们前仆后继地奋斗,国家和民族才得以生存,才能够在一次次历史危急关头转危为安,走向兴盛和富强,从而屹立于世界民族之林。爱国主义是鼓舞中华儿女历经忧患、跨越沧桑、百折不挠、自强不息的伟大力量,它贯穿于中华民族的整个历史,并有力地凝聚着五洲四海的中国人。

爱国主义是一个历史的范畴,在社会发展的不同阶段、不同时期有不同的具体内容。革命时期,需要我们为祖国的独立自主出生入死;建设时期,需要我们为祖国的繁荣富强增砖添瓦。在全国各族人民团结一心,开启全面建设社会主义现代化国家新征程的今天,我们要争做一名新时期的爱国者。新时期的爱国者要有强烈的民族自尊心、自豪感。民族自尊心、自豪感是任何时期、任何爱国者都必须具备的情感。民族自尊心能增强我们自立向上的恒心,民族自豪感能树立我们建设祖国的信心。要树立"祖国高于一切"的崇高信念,为了祖国和人民的利益不惜抛却个人的利益,甚至不惜牺牲个人的生命。我们要树立终身学习的理念,拓宽自己的知识面,广泛吸收新知识、新技术,完善自身的知识结构,更新学习知识的方法与理念,从思想上、知识上充分武装自己,为祖国的繁荣昌盛贡献力量。

爱国主义思想的继承和发扬,是关系到民族盛衰、国家兴亡的根本问题。爱国主义思想情操的形成,需要不断地培养。培养爱国主义精神的一个重要途径是向英雄人物和典范事迹学习和致敬。这套丛书的出版,对于青少年向英雄和先进人物学习,特别是对于在中小学生中进行爱国主义教育是不可多得的生动的教材。祝愿此书出版发行成功,为培养时代新人做出贡献。

胡维革

中华魂

百部爱国故事丛书

编 委 会

策　划：　胡维革　　吴铁光

林　巍　　冯子龙

主　编：　胡维革　　邢万生

副主编：　贾淑文　　杨九屹

编　委：　（按姓氏笔画为序）

于二辉　　刘士琳

刘文辉　　孙建军

李艳萍　　吴兰萍

谷艳秋　　隋　军

恨不抗日死，留作今日羞。国破尚如此，我何惜此头！

——吉鸿昌

目　录

中华魂 百部爱国故事丛书
ZHONGHUA HUN

童年时代

吉鸿昌（1895年—1934年），原名恒立，别号世五，1895年10月18日出生于河南省扶沟县吕潭镇的一个贫苦的农家。就在这年，正逢清廷甲午战败，被迫与日本签订了丧权辱国的《马关条约》。它标志着帝国主义列强对中国的侵略进入了一个新的阶段，从此，中国的半殖民地化进一步加深，民族危机日益严重。与之相应，中国人民反帝反封建的斗争浪潮也更日趋高涨。

吉鸿昌的家乡吕潭镇位于贾鲁河畔，当时是豫东皖北远近闻名的水陆码头。明清以来数百年间，这里一直是一个舟车辐辏、

吉鸿昌

商旅云集的繁华所在。父亲吉筠亭，因家境贫穷，将仅有的十亩地也典押出去了，为了全家人的生计，在镇上开了个小茶馆，养家度日。他还粗通医道，常为穷人看病，因而很受乡里尊重。由于吉筠亭性格豪爽，为人急公好义，结交了许多爱国志士，他们经常在茶馆里倾谈民族的灾难，救国的理想，吉鸿昌时常在旁边倾听。日久天长，吉鸿昌幼小的心灵里播下了爱国思想的种子。

吉鸿昌6岁丧母。由于家庭的贫穷，他只能在劳动之余，到乡塾里旁听先生讲课，认了不少字，也能读一些书。他爱读历史书及民族英雄的故事。他经常给街坊邻居讲岳飞、文天祥、戚继光等民族英雄的故事，常常言词慷慨，情绪激动。

为了维持家庭生活，吉鸿昌很小就参加劳动，经常帮助父亲拾柴火、拣庄稼，提着篮子上街卖烟丝，农活忙时还当上半拉子主角。稍长，就去帮助父亲照看茶馆，帮助父亲捉蝎子、做药膏、替穷苦乡亲治病。他从不向贫困低头，更不向仗势欺人的地主恶少俯首，看到地主恶少对穷人的孩子寻衅欺凌，就挺身而出，打抱不平。吉鸿昌身上所特有的这种"人穷志不穷""人少志不小"的气质，幼年时代就常常受到乡邻的称道。

　　1909年春，家里已难苦撑，吉鸿昌便离家到扶沟县城松盛楼首饰店做银匠学徒。他在这里过着非人的生活，劳动条件恶劣，他的双手因受腐蚀而鲜血直流。后因兵荒马乱，店铺倒闭而回家。

　　1911年春天，吉鸿昌来到周口镇增盛合杂货行里当学徒。然而，杂货行的学徒生活并不比首饰店好。老板见他长得粗壮有力，除让他干学徒应做的事情之外，又增加了担水、劈柴、刷锅、喂猪等很多繁重的体力活。他在这里苦熬了两年，受尽了老板的辱骂欺凌。

　　早年这种被压在社会最底层的苦难生活，奠定了吉鸿昌对劳动人民浓厚的感情，他看到了社会的黑暗，也使他更加同情劳苦人民。

将军恨不抗日死
——慷慨就义的吉鸿昌

雄纪念碑——爱国将领吉鸿昌在河南焦作博爱县的民族英

004

"吉大胆"

吉鸿昌回到吕潭村，一面种地一面捕鱼捉虾，转眼已17岁。这年端午节，地主家在镇中央一块空地上竖起了一副秋千架，并叫人用长竹梯爬到近处一棵大树上，把一个红纸包挂在树梢上。管家传地主的话，谁能荡秋千上去把那个纸包拿下来，里面的点心就归谁，另外赏5块大洋。穷人们素知地主老财心黑，不理睬他们的把戏。这时，几个孩子跃跃欲试，没有一个能把秋千荡到树梢那么高。管家辱骂了他们一顿后，又催促其他人来试试。

吉鸿昌将军铜像

当吉鸿昌路过这里时，他问明了情况后，立即腾上秋千。他双臂用力，两脚猛蹬，只几下就把秋千荡高到树梢上，把纸包拿到了手里。旁观的人纷纷喝彩。

小伙子打开纸

包一看，里面竟是驴粪。他愤怒地冲到地主的看桌前，把驴粪扔到了他们脸上、身上。几个狗腿

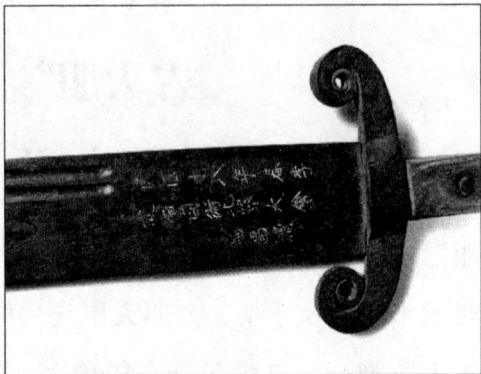

吉鸿昌大刀

子慌忙上来抓他，但被他一一打翻在地。

"这小伙子胆子真大，连地主老爷也敢惹！"乡亲们觉得为他们出了口气，纷纷赞扬道。

1913年秋天，吉鸿昌向父亲表达了要当兵的愿望。父亲对此并不感到意外，因为吉鸿昌曾多次表示过："大丈夫要有不惜五尺血肉之躯，报效国家的壮志！"就这样，吉鸿昌悄然离开周口，到河南鄢城参加了冯玉祥的军队。从此吉鸿昌开始了他的戎马生涯，那时，他还不满18岁。

吉鸿昌来到冯玉祥部队后，22岁就当上连长，以后升任营长、团长、旅长、师长，直至军长。冯玉祥信任他，喜欢他吃苦耐劳、作战勇敢、冲锋陷阵、奋不顾身、为人正直的精神品质。在冯玉祥面前，他有什么说什么，毫不顾忌，叫他"吉大胆"是对他的真实写照。人们称冯玉祥为"基督将军"，这是因为他把

基督教引入军队，每当星期日，全体官兵都要集合听牧师宣讲教义。他以基督教作为团结部队的工具，全体官兵都要领洗入教，以此来维系军队。同时他宣称，这支军队是"老百姓的军队"，因而常常引起人们的非议。1914年，冯玉祥的军队在西安练兵。一天早晨，当冯玉祥在台上照例进行"每日朝会问答十条"时，当他问："弟兄们，我们是谁的军队？"官兵应回答："我们是老百姓的军队！"但这时突然有一青年士兵高声回答："我们是洋人的军队！"顿时，全场大骇，冯玉祥也很震惊，卫兵将他逮至台前。冯玉祥暗暗心奇，但还是不露声色地问道："你叫什么名字？"

吉鸿昌

"吉鸿昌。"

"你为什么说我们是洋人的军队？"

"信洋人的教，听洋人的话，受洋人的气，替洋人打仗，为啥不是洋人的军队？"

"现在洋人势力这么大，你这小子，难道不怕洋人吗？"

吉鸿昌愤然答道：

"我们都是中国人，为什么要怕洋人？我不怕洋人，我用嘴啃也要把他啃倒！"

吉鸿昌的这些话显然冒犯了冯玉祥。但是，冯玉祥是位很爱才的将领，他非常欣赏吉鸿昌这种大胆、直率的回答，因此记下了他的名字，让他归队。次日，部队全部取消神甫制。

事后，士兵们给吉鸿昌起了个绰号："吉大胆。"

一段时间后，冯玉祥成立了一个军校性质的学兵连，挑选出精明强干的士兵进行培养，以便将来充当军官，吉鸿昌也被选来学习。从此，他和冯玉祥的接触机会多了起来。1917年，冯玉祥又在部队成立手枪连，吉鸿昌调入该队，不久擢升为手枪连连长。

1915年8月，冯玉祥的部队在四川南充驻防。一天，冯带着一些战士在嘉陵江边洗澡，有几个战士被水冲到深处，他们不会游泳，高喊起"救命！救命！"情况危急，当冯玉祥着急地问谁会游泳，快去抢救时，吉鸿昌一面答着："我会水！我去救！"一面跳到江中。其实他根本不会游泳，很快也淹在水中，亏得会水的士兵及时赶到，才把他和几个不会水的士兵救上岸来。冯玉祥暗暗称赞吉鸿昌这种见义勇为、舍己救人的品格，故意问他道："你不会水扑向江心，就不怕淹死吗?"

冯玉祥

吉鸿昌红着脸说："当时只想救人，别的都忘了。"

冯玉祥拍拍吉鸿昌的肩膀，连声夸道："你真是个名副其实的'吉大胆'啊！"从此"吉大胆"的绰号便在军队中流传开了。

西北军的虎将

吉鸿昌在冯玉祥的军队里历经沙场征战，虽然战功辉煌，但他看见帝国主义支持下的军阀混战连年不断，心情十分沉重，忧国忧民之心日增无减。

1924 至 1927 年，在中国大地上爆发了一场席卷全国的革命运

动。这场革命运动声势之浩大，发动群众之广泛，在中国近代史上是前所未有的，人们通称它为中国"大革命"。以推翻帝国主义和北洋军阀在中国的统治为目标的大革命是一场民族民主的大革命。冯玉祥原是直系军阀吴佩孚的部属，他在大革命高潮的推动下开始倾向革命。在第二次直奉战争中，冯玉祥暗中酝酿倒戈反直，发动了"北京政变"。这时，吉鸿昌任第11师22旅43团的一个营长，参加了"北京政变"中驱逐溥仪及清皇室出宫等行动。冯的倒直及倾向革命，沉

吉鸿昌

重地打击了北洋军阀的反动统治，深为北洋各实力派所忌恨，各帝国主义也不断地向其施加压力。1926年1月1日，冯玉祥在英、日等帝国主义及张作霖、吴佩孚奉直两派军阀的压迫下于1926年1月1日通电"引退"，后赴俄游历。

1926年7月，北伐战争在"打倒列强，除军阀"的雄壮口号中正式开始，北伐军在两湖战场很快取得重大胜利。北伐胜利进军，对冯玉祥影响很大。

9月15日，冯玉祥由苏联回国。在共产党人的推

将军恨不抗日死
——慷慨就义的吉鸿昌

1924年的直奉战争中，直系因冯玉祥发动"北京政变"而失败。11月17日，张作霖邀国民军首领冯玉祥在天津日租界下野皖系首领段祺瑞家中会谈，决定拥段"临时执政"，到北京主持政务，史称"天津会议"。左起：梁鸿志、冯玉祥、张作霖、段祺瑞、卢永祥、杨宇霆、张树元；站立者为吴光新。

动下，冯玉祥联合国民军第二军、第三军，组成"国民军联军总司令部"，并出任总司令兼第一军军长，响应北伐。9月15日，部队在绥远省的五原誓师，发表宣言，接受革命的三民主义，主张反对帝国主义和封建军阀，提出"平甘援陕，联晋图豫"的战略方针，任命吉鸿昌为第2师36旅旅长，去解西安之围。此时，吉鸿昌虽不在五原，他得知消息后，立即召集部队，宣讲孙中山的三民主义和联俄、联共、扶助农工的三大政策，并率部参加北伐。11月25日，吉鸿昌率部长途跋涉赶至西安城郊，与友军一起，将围困西安八个月之久的镇嵩军刘镇华部团团围住。当时天寒地冻，部队缺粮少弹，士气很低。吉鸿昌见此情景，立即从司令部走进战壕鼓舞大家说："北洋军阀祸国殃民，是人民的敌人，而刘镇华是北洋军阀的走狗，被围在城里的人正等待着我们去消灭他。"说罢，立即脱下棉袄，和士兵们一起在战壕里挨冻，大大鼓舞了士兵们的斗志。经过三天激战，刘镇华惨败而逃，西安转危为安。

1926年冬，36旅扩编为19师，吉鸿昌升任师长，率部进驻潼关。1927年5月，国民军联军改为国民革命军第二集团军，东出潼关，会同国民革命军其他友军进攻河南。吉鸿昌率所部一举攻克洛阳，继又占领北县，与奉系军阀沿黄河南北形成对峙局面。这时，正值黄河汛期，河水暴涨，当地流传着"黄河天险水深暗流多，从无英雄夜间渡黄河"，使许多官兵望而生畏。但是，在侦知敌情后，吉鸿昌果断地说："敌在对

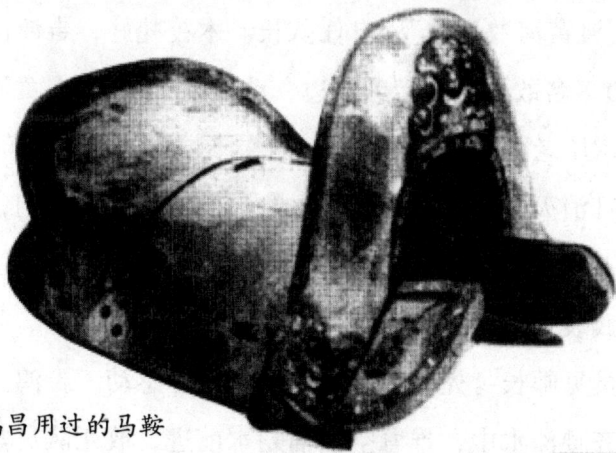

吉鸿昌用过的马鞍

1928年9月25日，吉鸿昌（第三排，右八）去陆军大学学习前与同仁合影。

岸把守，我们只有趁敌不备，立即强渡黄河！"他派人四处搜寻船只，但渡河船已全部被敌军破坏，无一只完好。他即令士兵们全部出动搜寻材料，集中由工兵连制成一只只大木筏。他集中部队，号召士兵参加"夜渡黄河敢死队"，自任队长。木筏扎好，吉鸿昌将300多名敢死队员带到江边，动员说："奉军在黄河那边欺压老百姓。我们是敢死队，不怕死。要夜渡黄河，早日消灭他们！我是队长，给你们带路。兄弟们，跟我上！"说完，他将衣服一脱，大刀往背上一插，手枪往武装带上一别，纵身跳进波涛滚滚的黄河里。敢死队员见师长身先士卒奋不顾身，十分感动。吉鸿昌站在齐腰深水中，推着空油桶划水前进，敢死队员紧紧跟上。在炮火掩护下，他率敢死队用空油桶和木筏连夜渡过黄河，迅速占领了滩头阵地。奉军糊里糊涂的便当了北伐军的俘虏。战斗结束后，吉鸿昌亲笔题写了"天堑飞渡"刻碑立于黄沙峪渡口，还让参谋长题跋说明渡河经过："奉贼祸豫，屯集河北，吉公世五，7月3日夜于黄沙峪渡河，贼披靡。大城傅同善谨识。"

渡过黄河后，吉鸿昌命令所部主力一部换上奉军军服，截乘一列火车，连夜赶往新乡。经过奇兵出袭，于7月4日天亮前全歼守敌，占领新乡。他又协同友军攻占了安阳、沁阳，奉军大败而逃。由于吉鸿昌智勇兼备，连战皆捷，被冯玉祥通令嘉奖，他所率领的19师被誉为"铁军"。当时，在北伐军中曾有这样的歌谣："十九师打，第二师看，十八师跟着吃洋面。"

1927年，蒋介石发动的"四·一二"反革命事变波及到国民革命军。这年7月，蒋、冯徐州会议以后，冯玉祥在部队中进行"清党"反共，大批共产党员被

『天堑飞渡』碑

冯玉祥出师潼关，直系军阀覆没。

"礼送"离队。从南方到北方，轰轰烈烈的北伐事业就此夭折。在19师，吉鸿昌出于对共产党人的认识，不仅没有"送客"，还暗中保护了一批共产党员及政工人员。

吉鸿昌的政治表现和19师的威名遭到了西北军中一些人的忌恨。1928年，孙良诚借故取消19师的番号，将吉鸿昌调到北平陆军大学特训班学习。面对着革命事业被出卖的现实以及蒋介石在"济南惨案"中的可耻表现，吉鸿昌苦闷悲愤日盛，曾暂归乡里。在家乡吕潭，吉鸿昌闻听侄儿吉星兰霸行乡里，县衙因忌惮吉鸿昌之威，久久不敢定案。查实后，他便从狱中将吉星兰提出，当众枪决于吕潭镇外，受到乡里宗亲的赞扬。

为做事而做官

　　吉鸿昌所带领的部队，都佩戴着白底红边的圆臂章，上面写着："不扰民，真爱民，誓死救国。"平时，他身体力行，诚励部队。他率领的部队，在西北军中无论作战、军纪还是俭朴耐劳都是很过硬的。他时常说：我从军时，就抱定为民造福的初衷，况且我本是穷棒子出身，自己队伍的所作所为，不能让父老们唾骂。许多官兵在他的影响下，都严格地要求自己，有些不老实的，也慑于他威严的军纪，不敢胡作非为了。

　　在民间中，流传着许多吉鸿昌值得颂扬的故事。

　　1922年，吉鸿昌所部移驻河南。在农民们进行夏收的季节，一天，狂风骤起，眼看就是一场倾盆大雨。

吉鸿昌创办的学校

这时吉鸿昌还在城里，他立即骑上快马，直奔农村部队驻地，命令全体官兵帮助农民抢收，并把抢收的麦子送到老乡家，等暴风雨来时已收割完了。他还命令部队把牲口借给老乡耕地，叫士兵帮助劳力缺乏的农户。老乡们送马

草给部队作为酬谢时，官兵们不肯收，说道："我们是吉鸿昌的部队，他不许要老乡的报酬。要是我们违犯了，还得受严重处罚哩！"

吉鸿昌在生活上力求俭省，平时爱吃面条，只要有点酱油、醋和几个干辣椒就行了。由于他亲身体会到没有文化的苦处，他立志要为贫苦子弟办所学校。1922年，他带着积攒下来的几百块银元回到一别近十年的家乡吕潭镇。他利用一所破庙做校舍，创办了"吕北初级小学"。吉鸿昌立下规定：凡是贫家子弟，一律免费上学。书籍文具由学校供给，特别困难者还要给予衣物、鞋袜等生活补助。为使更多贫苦子弟入学，他又带领乡亲们拆掉"姑姑堂"和吉氏宗祠旧址，

在吕潭镇建立了新校舍。学校规模一度壮大，1929年，学生发展到1600名，教师百余名，被誉为"豫东第一"。

为了加强对学校的领导工作，保证教学质量，吉鸿昌先后派自己的亲信秘书郝子固、马遐福担任校长，并高薪聘选外地有名望、有真才实学的人到学校任教。直到牺牲前他仍关注学校的建设。

吉鸿昌在西北军当了高级将领后，他时常用这样的话来警告自己："我从军时，就抱定为民造福的宗旨，如今有了相当的职位，决不能背弃既定的心愿。"他经常给学校添置图书和实验仪器，每次从部队回家，都吃住在校，以校为家，还亲自给师生们讲课，对学生进行爱国主义教育。有一次，他给全校师生讲话说：

吉鸿昌任宁夏省政府主席时使用的印章

1929年，吉鸿昌在就任宁夏省政府主席仪式上与同僚合影。

"国家虽贫穷落后，但我们决不自甘落后，要学好知识改变国家的面貌，要为国为民争气。"

在大青山以北通往呼和浩特市的蜈蚣坝，有一块当地群众为吉鸿昌立的修路纪念碑，还有吉鸿昌亲手在路旁石壁上写的"化险为夷"4个大字。原来这是吉鸿昌在1926年驻军绥远、兼任省警务处处长时，发现蜈蚣坝这一南北通道要塞道路狭窄险峻，常造成伤亡事故，行人十分不便。他便自己出资，带领士兵，动员当地居民，将此路开通加宽，修成大路。当地群众非常感激，曾立碑纪念，吉鸿昌亲手在路旁石壁上题写了"化险为夷"，至今屹立道旁。

在山东曹县一带至今流传着吉鸿昌亲毙战马的故事。1927年夏，吉鸿昌率部北伐经山东曹县时，他心爱的一匹战马脱缰，啃了老乡的庄稼，被老乡捉住送回。吉鸿昌当即向老乡赔偿道歉。第二天清晨，他在打麦场上集合队伍说："行军打仗，不许损坏老乡的庄稼，这是我吉鸿昌定的纪律。现在我的战马犯了纪律，我对不起老乡，对不起弟兄们。"说完就拉出那匹战马，亲手枪杀了。

1928年春，吉鸿昌被冯玉祥任命为第30师师长赴甘肃剿匪，后又调至甘肃天水接管佟麟阁的11师，继续与马仲英等匪部作战。接任后，吉鸿昌整饬军纪，

1930年2月，吉鸿昌（前排中间坐高凳者，左一）与陕西韩城各界人士代表合影。

将军恨不抗日死——慷慨就义的吉鸿昌

1931年3月10日，吉鸿昌（三排，左一）出席陆军第三师财政委员会第一次全体代表大会。

枪决了一批为非作歹、欺压人民的祸首。此时，陕、甘、豫大旱，赤地千里，民不聊生，饿殍遍地。他动员士兵省吃俭用，用军粮做成馒头、锅馈，熬成米粥并亲自带头散发。他把一些孤儿收养起来，派人用车送往河南老家，供养他们上学，还写信寄钱让家里人救济穷人。

1929年7月，吉鸿昌赶走腐败害民的宁夏省主席、西北军第7军军长门致中，将11师和第7军合编为第10军，自任省主席兼军长。7月24日，吉鸿昌宣誓就职。他励精图治，决心为民兴利革弊，在自己的照片上写下座右铭并压在办公桌的玻璃板下面：

"公正纯洁，为做事而做官"

他大刀阔斧地整顿了军队和吏治，还时常穿着回族服装到清真寺和回族人民家中，深受当地群众爱戴，当地人感念他，亲昵地称他"吉回回"。

在宁夏期间，吉鸿昌决心为国为民干一番事业。基于当时的政治觉悟和思想水平，他认定：开发广漠富饶的西北，实为中华民族解决生活问题的一条好出路。要"化剑戟为农器，舍破坏而生产"。他自任开发西北总指挥，决心以宁夏为基地，将自己的抱负付诸实施。但在当时的中国，他个人这种美好的愿望只能是根本无法实现的幻想。时隔不久，他又重新卷入了国民党新军阀混战的旋涡。

拔出腿来!

　　1930年3月，冯、阎、桂三派联合反蒋，即爆发中原大战。吉鸿昌开发大西北的理想成为泡影，也被卷入国民党新军阀的混战，他率部开往豫东作战，曾重创蒋军，打了不少胜仗。但战争终以冯阎失败而结束，冯玉祥被迫下野，西北军为蒋介石收编。蒋介石为笼络智勇双全的吉鸿昌，任命他为22路军总指挥、兼任第30军军长、第30师师长。

　　此时，吉鸿昌看到新军阀混战把人民推向水深火热之中，内心痛苦万分。他的这种心情，在以后所写《环球视察记》的序言中表现出来："民国成立以来，无岁不战，无地不战。民众固极痛苦，官兵亦多牺牲。我也曾摇旗呐喊，身经百战。除躬亲受伤多次外，我的弟弟已战死；我的胞侄已战死；我的最亲爱而可怜

中原大战前冯玉祥（左一）、蒋介石（中）、阎锡山。

的袍泽，因参加战役而死伤者，亦以万数。然一问偌大高价所买何物？实仅不过'内忧外患，愈逼愈紧'八字，馈遗后死者享受。我除了无限悲痛而外，还有什么可说？"

随着中原大战的结束，1930年11月，蒋介石调集10万大军对中国共产党领导的中央革命根据地进行第一次军事"围剿"，并用9个多师的兵力进攻鄂豫皖根据地。吉鸿昌所部驻扎在豫东南潢川、光山一带。蒋介石派特务冷欣来部队任高级参议，严密监视吉鸿昌，要他进攻鄂豫皖根据地。吉鸿昌也很清楚蒋介石的阴谋诡计，但是，他盲目地遵从"军人以服从命令为天职"，仍奉命向鄂豫皖苏区进犯。部队在红军面前连吃败仗，士兵纷纷开小差逃跑，从未打过败仗的吉鸿昌

中原大战前，冯玉祥的部队在潼关红场整装待发。

大为震动。部队撤回后，他愁眉不展，踱步彷徨，思绪万千：我这支号称"铁军"的部队，无论是在北洋军阀前，还是在蒋介石的精锐部队面前从没吃过败仗，为什么却败在装备简陋的红军手里呢？这些打败我吉鸿昌的，到底都是些什么样的人物呢？为什么我吉鸿昌的部队一到，老百姓就远远躲开，有的甚至拿起武器跟自己作战呢？为什么红军一到，他们却一个个争先恐后地送信带路，抬运伤员呢？

吉鸿昌为寻求真理，第二天便化装到苏区访察。鄂豫皖苏区到处呈现着军爱民、民拥军的动人景象，打土豪、分田地开展得热火朝天。这使他耳目一新，深受感动。当时苏区负责人深知吉鸿昌出身贫苦，军纪严明，进攻苏区不过迫不得已，便派沈泽民、徐海东等同志接待他。通过交谈，使他明白了许多革命道理。分别时，他激动地说："我吉鸿昌瞎闯了几十年，今天才算真正找到了真理"。

　　吉鸿昌从鄂豫皖苏区回来的当夜，他满怀思绪地坐在营房，提笔在记事本上写下"顿开茅塞"4个字，躺在床上，久久不能入睡。苏区的动人情景一幕幕浮在眼前，于是，他自言自语地说："看来共产党领导的红军，才真正是乡亲所盼望的人民子弟兵。难道我吉鸿昌还要再为蒋贼卖命吗？……"他又坐起来，在刚刚写下的4个字下面添了一句话："投错了门路，就要拔出腿来！"写罢，才感觉稍舒宽些。

吉鸿昌

　　从此以后，吉鸿昌采取和红军和平共处的方针。蒋介石一次又一次地拍电报来要他向红区进攻，他总是拒绝

执行。有时被迫
出发进攻根据地，
也只是虚打几枪，
丢些枪支给红军，
兜个圈子回来。

据当时在他
的部队中任职的
中共地下党员路
跃林回忆：光山、

潢川毗邻苏区，鸿昌同志在一间密室里指着苏区方向说："真正的出路在那边，这个仗咱们不能打，如果搪塞不过去，就冲天放枪，做做样子。"

在潢川，吉鸿昌还经常对部下说："国民党的饭不能再吃下去了，国民党的官也实在做够了。我文官做到省主席，武官做到总指挥，究竟给老百姓办过多少事情？今后必须摆脱这个肮脏的环境，另辟新的生路。"

此后，吉鸿昌托"病"离开部队去上海"就医"。根据党组织的安排，他在上海找到了地下党领导同志，并同他们进行了长时间的交谈，后又安排他再到江西中央苏区参观考察。临行前，还送他一些马列著作和毛主席的文章，热情地鼓励他尽快走上革命道路。

离开上海后，他经过一番装扮，穿过仙霞岭，直入武夷山，经过闽西山地到达了毛主席亲手开创的第一个革命根据地——江西瑞金中央苏区。

在这里他见到了当时在中央苏区负责财政工作的毛泽民同志。经过多方面考察，吉鸿昌得出一个结论："共产党和红军深得人心。"在他离开中央苏区时，新参军的红军战士正源源开赴前线。他亲眼看到了母送子、妻送郎参军的感人场面。刚接近苏区边界，他就听到了震耳欲聋的炮声。国民党发动军队疯狂地围攻苏区，红军战士以简陋的武器、百倍的勇气痛击敌人，英勇地捍卫着苏区的每寸土地。这时，他才明白了自己进攻苏区失败的原因。他感慨万千地说："怪不得我被打败了。在这样的对手面前，莫说是我吉鸿昌的一个"铁军"，就是十个、百个也会变成烂泥巴浆啊！"

吉鸿昌怀着眷恋之情离开这片红色的土地，回到信阳军次。一下火车，同事和部下都拥上前去迎接。他们开口第一句就问道："总指挥病治好了吗？"吉鸿昌爽快地回答："好了！好了！我到上海遇见了一位'神医'，真是医到'病'除，妙手回'春'啊！"回到光山县，吉鸿昌为了抒发自己的感情，在司令部（当时的县衙）门前石狮上题词"国将不国，尔速醒悟，睡狮猛醒，领导民众"，并将此词让石匠刻上，至今这对石狮还保存在光山县文化馆。

第二天，吉鸿昌便召集贴心将军开会研究，准备起义，将部队拉往苏区。此时，蒋介石亦获悉吉鸿昌将"赤化"的消息，当即派特务头子冷欣等星夜飞至信阳，勒令吉鸿昌继续出兵"剿共"。吉鸿昌为掩蒋耳

第一届"人文平台——中国当代雕塑家实验雕塑肖像作品展"吉鸿昌像。（雕塑家：王洪亮）

目，一面派人暗中给红军送信，一面"调整兵力"准备"进攻"苏区。攻至光山县城南七里坪时，故作败状，将所带枪支弹药送与红军。回到驻地，地下党员李子纯、燕鸿甲二人登门拜访，他愤慨地说："蒋介石这小子，还想叫我跟红军厮拼，真是瞎了狗眼了。"

1931年8月，吉鸿昌的兵权被解除。他被迫离开部队前，暗中对其可靠的下属作了应变的布置。如交给第88旅下面的两个团长各5000元军费，嘱咐他们："必须时刻小心，见机行事，必要时你们可以把红旗一打，将队伍拉上找徐向前去。"但由于他们对中国共产党和中国革命形势缺乏正确的认识，并未按吉鸿昌的指示去做。

吉鸿昌为池兆龙等创办的中山学校添置的部分教学仪器和图书。

将军恨不抗日死
——慷慨就义的吉鸿昌

"我是中国人"

　　吉鸿昌借助"进攻"苏区的机会，几次给红军输送武器的情况，终被蒋介石察觉。想杀害他，怕逼出乱子来；若任其自由行动，又怕纵虎归山。遂于1931年8月解除了他的军职，逼迫吉鸿昌出国"考察"。

　　1931年9月，吉鸿昌在特务的挟持下来到上海。正当要启程时，突从东北传来九一八事变的消息。吉鸿昌在旅馆痛哭流涕，他把为出国而新做的西服扔在地上，拒绝出国。他对周围的人们说："祖国山河沦陷，日寇肆意入侵，正值全国同胞总动员与豺狼作殊

九一八事变

死战，为我国家争人格、为民族争生存之日，我何忍心去国远离，逍遥异域？"他向蒋介石要求参加抗战，却遭到无理拒绝。蒋介石命人将吉鸿昌的妻子胡洪霞先强行送上船，迫使吉鸿昌出国。他曾愤慨地对朋友说："国难当头，报国有期，蒋贼不灭，革命不息。"临行前，他还写信给冯玉祥，劝他举旗抗日。他在所住饭店墙上写下"但使龙城飞将在，不教胡马度阴山"的诗句，以表自己的愤慨和抗日之决心。

9月23日，吉鸿昌在上海登上美国大来邮船公司塔夫脱总统号轮船，中途经日本，于10月6日，轮船抵美国西雅图。

在国外，先后有美联社、世界电报等记者问："贵国政局如何？"

1931年，吉鸿昌（左二）与古巴使馆工作人员合影。

将军恨不抗日死
——慷慨就义的吉鸿昌

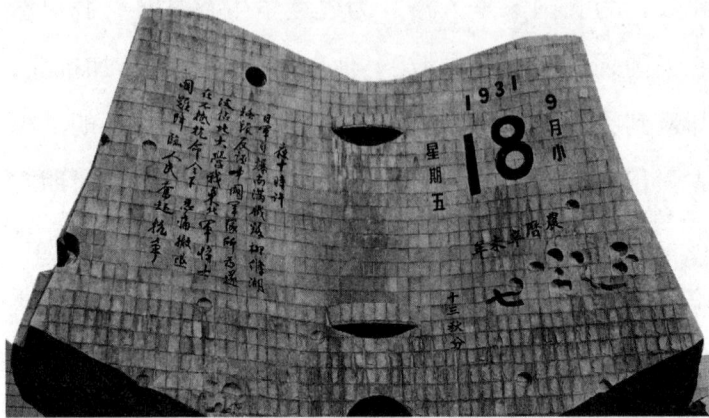

"敝国有一成语'兄弟阋于墙，外御其侮'。现在大难当头，全中华民族皆有联合方能图存，私人政见皆可捐弃。统一不久必可实现。"

"将军对日本进兵占领满洲，意见如何？"

"日本自明治维新以来，即抢一大陆政策。鲸吞满洲，早具野心。今乘敝国苦于天灾人祸，世界苦于经济凋敝之秋，实行强占，直接侵略中国领土，间接破坏世界和平。"

"日本人有飞机大炮，中国人此时声言要抗日，你们凭什么抗日？"

吉鸿昌愤然拍着胸脯答道："我们有热血，我们有四万万人的热血。我国人民的愤激已经达到极点，莫不抱有宁为玉碎，不为瓦全的决心，誓愿牺牲一切，为生存而战，为公理而战！"

接着，他反问这个美国记者："举世都知道是日本侵略中国，你们美联社为何造谣说中国人民要求日本出兵？"

记者说："我们是写新闻的，新闻是忠实记录。此次满洲事件发生后，只见有日方之宣传材料，并未见有中国之宣传材料……"吉鸿昌说："你们是狗嘴吐不出象牙！"记者一时弄不清楚这句话的真意，还当是句赞扬的话，连声道："谢谢！"一时传为笑谈。

在谈话中，吉鸿昌表示了自己"宁为玉碎，不为瓦全"，"牺牲一切，为生存而战，为公理而战"的决心。

将军恨不抗日死
——慷慨就义的吉鸿昌

九一八事变警世钟

在美国，吉鸿昌的民族自尊心接二连三地受到深深的刺激。在西雅图，他被告知当地头等旅馆不接待中国人。在纽约，他在一座博物馆里看到，所陈列的物品全是从中国掠夺或搜罗去的。

吉鸿昌

为什么中国人这样被看不起？为什么帝国主义分子能任意取走中国这么多东西？他时常冷静地思索着。

一天，吉鸿昌穿着整齐的军装，和随行人员一起在纽约大街上漫步。有个美国人突然上前问道：

"你是日本人吧？"

"不，我是中国人！"吉鸿昌反感地高声回答。

那美国人听了不信，说："中国人是东亚病夫，哪来这样高大魁梧的军人？"

吉鸿昌听后，铁青着脸喊道："不，中国人不是东亚病夫，我就是中国人！"

有一次，他要往国内寄衣物。美国邮局的某职员竟然说："不知道中国"。一些洋奴劝他说："你若说是日本人，便可受到礼遇。"吉鸿昌怒目斥道："你觉得当中国人丢脸，十足的洋奴，我却觉得当中国人很光荣，很自豪!"回到旅馆后，吉鸿昌气愤得连饭也吃不下。随行人员劝他不必这样，他愤慨地说："侮辱我吉鸿昌，我并不在乎;但我是代表中国到这里来考察的，因此受侮辱的不是我个人，而是整个国家、整个民族!"停了一阵，吉鸿昌又说："从明天起，我外出时身上就挂一块'我是中国人'的牌子，也让外国人知道，我们中国人是有志气、有民族自豪感的!"当下就找来一块半尺来长的硬纸板，写上"我是中国人"5个大字，又在下方注上英文。此后凡是外出，不管是在街上行走还是出席宴会，他都把这块牌子挂在胸前，有人围观他，他照样昂首阔步，不为所动，显示出做一个中国人的骄傲。

抗日战争纪念碑

将军恨不抗日死
——慷慨就义的吉鸿昌

　　吉鸿昌在底特律时，福特飞机制造厂的经理得知他是一位将军，就乘机兜揽生意，并且立即领他到仓库去看货。不料那些飞机全是第一次世界大战剩余的旧式飞机，这位经理还一再说愿意贱价出售。吉鸿昌以讽刺的口吻回答："我劝你们还是将这些东西送进化铁炉里好了。"

　　吉鸿昌在参观福特汽车制造厂时，一个美国大资本家对他说："我们美国汽车制造厂规模宏大，能够制造各式各样的汽车。中国只要多修筑公路，购买美国汽车是最经济的办法，比你们自设工厂要合算得多。何况你们没有技术，也自设不了工厂。"吉鸿昌轻蔑地一笑，说：

　　"美国过去也没有汽车，你们的汽车也不是从天上掉下来的。中国今天没有技术，明天就会有的，中国人又不是笨蛋，相信总会有一天也会有大工厂，会自己造汽车。"

1931年11月12日，我驻古巴侨胞在哈瓦那中华戏院开会，纪念孙中山先生诞辰日。吉鸿昌应邀到会作抗日演讲，他说：

"日本侵略中国，早具野心，惜国人醉生梦死，埋首内战，致元气亏伤，援敌以隙，故今日之事，人民不负任何责任，亡国家者，少数军阀官僚耳。但人民须知，中国者四万万人民之中国，非少数军阀官僚之中国。国家亡，则就骨吸髓之人兽，腰缠万贯，拥有巨资，可远走高飞，过其资产阶级之亡国奴生活，而吾等平民，岂能出国门一步，国存受军阀官僚之剥削，国亡做帝国主义之牛马，当此千钧一发之际，做人与做牛马，间不容发，望及早团结，用热血拥护祖国。"

镌刻有"大好河山"四字的大境门。九一八事变后，吉鸿昌曾率抗日同盟军宣誓出征，北出大境门，抗击日寇。

当时，听众怒发冲冠，高呼："牺牲一切，奋斗到底！""倭寇从中国滚出去！""打倒日本帝国主义！""打倒卖国贼！"吉鸿昌又讲道："可恨以蒋介石为代表的军阀官僚，醉生梦死，丧权辱国，不但自己不抗日，还不准别人抗日！我作为一个抗日军人，积极要求去东北抗日，却被他们赶出国门，怎不叫人痛心……"吉鸿昌悲愤交加，泪如泉涌。列会侨胞，也都同声大哭，当即一致通过了"请政府即日对日宣战，旅古华侨愿牺牲生命财产援助，请国内各派牺牲私见，团结对外"及"誓死保全中国领土"等四项决议。

11月28日，吉鸿昌乘船赴欧洲，先后到过英国、法国、比利时、卢森堡、德国、丹麦、瑞典、瑞士、意大利等国，向各地侨胞积极宣传抗日。吉鸿昌到欧洲后，就积极联系到苏联去参观，为此曾在德国等了半个月。由于国民党驻欧各使、领馆的百般刁难，不予签证，这一夙愿，终未实现。

少先队员们在吉鸿昌烈士墓前庄严宣誓

将军恨不抗日死

——慷慨就义的吉鸿昌

新生命的开始

1932年1月28日，日本帝国主义悍然进攻上海，发动了震惊中外的一·二八事变。

吉鸿昌闻讯，未经蒋介石许可，立即结束了欧洲之行，乘船回国。

2月28日，他们所乘坐的轮船抵达上海。这时，停泊吴淞口外"排列整齐之日军舰十余艘，正集中炮火，向我吴淞炮台扫射"。而国民党军舰却悄然躲在港口里，连一炮也不放。

船驶入吴淞口后，吉鸿昌凭栏眺望。偌大的上海几乎完全笼罩在硝烟之中，"吴淞全市，尽成瓦砾。浦西建筑，亦多破毁。江湾迤西，火光熊熊，黑烟阵阵"，吉鸿昌不禁吟出："'但使龙城飞将在，不教胡马度阴山。'今日贼竟深入我的家门，刀割我们的胸脯，而我们军人之辈，能不愧心吗？"他恨不得立即跃马挥刀，冲入敌阵，杀他个落花流水，人仰马翻。

在他整理出版的《环球视察记》这本书的末尾，吉鸿昌压抑着满腔悲愤，写下乍返祖国时的感怀：

"及抵沪，承多友迎馆于一品香。偶询国事，知各派分道扬镳，明争暗斗，较前加厉。已是伤心！乃夜静更深，又只闻帕帕之麻将声，呀呀之清歌声，与闸北一带轰轰之炮声，遥相应和。'商女不知亡国恨，隔江犹唱后庭花。'民族颓唐堕落，不图竟至于斯，当环游各国时，每闻见他人之长处，辄回忆及国人之短处。虽其刺激为间接的，已不胜其悲愤。乃走进国门，凡目所见，耳所闻者，竟无一非亡国灭种现象。且较去秋离沪时，有过之无不及，孤灯明镜，偕影晤坐，默念国家前途，心胆全为破碎。吾书至此，吾手已栗，吾喉已梗，吾泪竟不禁夺眶而出。吾不得已，即于此结束吾之游记。呜呼！是岂余等出国时所料及哉？是又岂余等返国时所及料哉？!"

　　吉鸿昌回到上海后，很快就同党组织取得了联系。

察哈尔民众抗日同盟军在行进中

将军恨不抗日死

——慷慨就义的吉鸿昌

方振武在1933年6月举行的抗日同盟军第一次代表大会主席台上讲演

他如饥似渴地努力学习马列著作和毛主席的文章，并坚决要求加入中国共产党，立誓要为无产阶级革命事业献身。他痛心疾首地对党的地下负责人说："我再也不能在外面'流浪'了，渴望早日投入党的怀抱。"1932年4月，由吴成方同志介绍，吉鸿昌在北平光荣地加入了中国共产党，从此踏上了新的革命征程。

吉鸿昌入党后，党组织立即交给他一个重要任务——号召旧部起义开到苏区去。他冒险只身潜入蒋管区的腹心地域湖北宋埠、黄陂一带。不料，这时他的旧部大多已被蒋介石分化瓦解，拆散改编，组织起义已很困难。但他想到党的关怀和信任，想到自己是一个共产党员，内心便产生出一股不可抗拒的力量。他首先在最贴己的第30师90旅智文宪的一个团里稳住了脚。这个团的大部分官兵，过去曾跟着他身经百战，饱尝了蒋介石及其嫡系部队的欺压凌辱和冷眼看待，早已埋下了仇恨的火种。吉鸿昌向他们讲述了蒋介石投降卖国的种种罪恶行径，指明："只有共产党才能救中国。"这样，已埋下的火种很快就燃起了烈焰，于是吉鸿昌便带着他们直奔鄂豫皖苏区。当时鄂豫皖苏区的红军已转移到川陕边界山区，吉鸿昌率部赴川陕边界时陷入蒋军重围，由于众寡悬殊，最后只带着少数人冲出重围，起义失败。

吉鸿昌率部起义的计划虽未成功，但他丝毫没有

将军恨不抗日死

——慷慨就义的吉鸿昌

1933年初，日本侵略军占领东三省后，又出动海陆空军一起炮轰山海关。抗日守军苦战3日，终因寡不敌众，山海关陷落，但从这里响起了长城抗战第一枪。图为29路军在喜峰口抗击日军。

1933年6月，抗日同盟军全体代表合影。

灰心。他遵照党的指示，又到天津搞抗日统一战线工作。在去天津途中，他路过泰山，以老部下的关系劝冯玉祥说："在国难当头，民族危急之秋，我等不能再留恋隐居于深山之中，自享清福，应该拿起枪来，一致对外。"一席话深深地打动了冯玉祥。吉鸿昌在这里见到了蒋介石捉拿他的"通缉令"，内心感到无比自豪，他说："全中国人民的头号敌人这样恨我，那就是说，我吉鸿昌已经和人民站在一起了，我的路子越走越正确，越走越光明。"

在民族危机加深，全国民众抗日高涨的形势下，冯玉祥结束了在泰山的隐居生活，于1932年10月来到靠近抗日前线的张家口，愿与共产党人合作抗日。

1933年1月1日，日军进犯山海关。3日山海关沦陷，日军大肆屠杀中国军民。2月，日军纠合伪军共10万人，分三路向热河进犯。3月4日，日军侵占了热河省省会承德。日军占领承德后，即进抵长城各口。驻长城内外的中国守军，在全国抗日热潮的推动下，自动奋起抵抗，给骄横的日军以沉重的打击，为中华民族争得了光荣。当时，"驱逐日寇，收复失地"的呼声响彻华北。"组织起来，一致对外"，成为全体军民的共同愿望。

此时，吉鸿昌毁家纾难，变卖家产，秘密购买武器，积极联络各地零散的抗日武装，做起兵抗日准备。

1933年5月26日，吉鸿昌以中国共产党代表身份同冯玉祥等抗日将领在张家口成立"察哈尔民众抗日同盟军"（察绥抗日同盟军），推举冯玉祥为总司令，

将军恨不抗日死
——慷慨就义的吉鸿昌

佟麟阁任第1军军长，吉鸿昌任第2军军长，宣布对日作战，坚决收复失地。28日，方振武"率数万健儿"在援察途中通电响应。"察哈尔民众抗日同盟军"成立后，全国纷纷响应，不久，队伍就由几千人扩大到十几万人。

佟麟阁

塘沽协定后，日军大举进攻察哈尔。国民党热河省主席汤玉麟率部投降日本，迎接张海鹏、崔兴武等伪军进入沽源，分道南犯。6月4日至6日，宝昌、康保失陷。6月20日，吉鸿昌就任前敌总指挥，亲率同盟军主力，兵分三路进击日伪军。6月22日克复康保，7月1日攻克宝昌。吉鸿昌的义勇和有力的政治攻势，使得许多伪军携械来归。盘踞沽源的伪军头目刘桂堂投诚，张海鹏、崔兴武诸伪军残部，鼠窜多伦。沽源又告克复。

7月4日，吉鸿昌不给敌人以喘息的机会，猛追逃敌，直逼多伦。进军路上，他向部队做政治动员，曾即兴赋诗：

有贼无我，有我无贼。

非贼杀我，即我杀贼。

半壁江山，业经改色。

是好男儿，舍身报国。

多伦地处滦河上游，是塞北军事重镇，为热河、察哈尔两省孔道，地理位置十分重要。日寇占领热河后，小柳津便指挥日军精锐部队及伪军李寿山、崔兴武等部，于5月1日侵据多伦。后得知同盟军成立，敌为固守多伦，又将茂木骑兵第4旅团及由长城以南撤至承德的重炮队全部调入，并令汤玉麟、索华岑二部集结丰宁黄旗一带，日军西义一第8师团进驻丰宁，

日军于1933年2月进攻长城一线，伺机进占冀东，抗日将士组织了500人的大刀队，夜袭敌营，杀敌千人。

将军恨不抗日死
——慷慨就义的吉鸿昌

互为犄角。日军在这里构筑
了八卦炮台32座，还建了
交通沟、木桩、电网、碉堡
等防御工事，每一处可能攻
城的地方，都有交叉火力严
密封锁。吉鸿昌决心沉重打
击敌人，收复多伦。

　　7月5日，吉鸿昌指挥
部队向多伦城外围进攻，节
节胜利。7月7日晨至城下。8日激战至下午6时，迫
敌退入城内。9日拂晓前，吉鸿昌发布攻城命令，敌城
外大部分据点被占领。但由于多伦城地坚固，敌火力
猛烈，进攻受阻，同盟军损失多人还未能接近城墙。
夜间，吉鸿昌亲临攻城的部队，召开军事会议，最后
决定改在夜间攻城，这样可以减少伤忙。攻城时间定
在第二天晚上10点。

　　进攻又一次开始了，官兵们都奋不顾身地朝城墙
冲去，由于多伦守敌已有准备，火力非常猛烈，同盟
军官兵还是靠不上城墙。

　　吉鸿昌当机立断，决定组织敢死队攻城，他向战
士们说："我们这支常胜的抗日军，岂能打不下一个小
小的多伦城？现在咱们就组织敢死队，我打头！不怕

環球視察記

吉鴻昌
孟憲章　合編

北平東方學社出版

死的举起手来！"吉鸿昌亲率敢死队，勇猛爬城3次，但还是未能奏效，伤亡200余人。

天色大亮后，日伪军出动飞机开始猛攻。吉鸿昌判断出，这是敌人发动反攻的前奏，他迅速命令部队做好战斗准备。果然，飞机离去后，一大批伪军冲出城来。吉鸿昌见机行事，命令一边迎击，一边开展政治攻势，在阵地喊话劝降。

果然，不少伪军听了喊话动摇起来。吉鸿昌抓住这个机会，叫副官率领几十名蒙古族士兵穿上伪军的服装，混进了敌军部队，一起退到城里去了。

当天夜里，吉鸿昌再次亲自带领敢死队队员接近城

1933年7月，在吉鸿昌指挥下，察哈尔民众抗日同盟军收复多伦。

墙，并依靠城内的士兵，里应外合，使城内秩序大乱，日伪军在惊慌之中向城外溃窜，经过3小

时的激战，同盟军由南、西、北3门冲入城内，日伪残部由东门逃走。经5昼夜的苦战，终于收复了多伦。

沸腾的多伦人民，兴高采烈地欢呼胜利，欢迎抗日同盟军进入多伦。人们不约而同地聚集到吉鸿昌率部入城要经过的南堡门外，夹道欢迎。吉鸿昌向欢迎的群众发表了热情洋溢的讲话，告诉他们国家是四万万人的国家，多伦是各族人民的多伦，抗日同盟军是抗日救国的军队，要收复国土，拯救民众。吉鸿昌的讲话受到了群众的欢呼。

多伦城的收复，震惊全国。冯玉祥将军得到消息后，立即发电报嘉奖和犒赏。各救国团体及爱国知名人士纷纷打电报来祝贺胜利。章太炎先生发表谈话说："近世与外国战，获胜者有之，地虽一寨一垒，既失则不可复得矣。得之，自多伦始。以争一县，死将士几千人，虽在一隅，恢复之功，为九十余年所未有。"的确，多伦城是自九一八事变以来，中国军队从外国侵

略者手中收复的第一座城镇。吉鸿昌智勇双全，巧克多伦，功不可没。

15 日，抗日同盟军与多伦民众在山西会馆召开万人大会，庆祝收复多伦。会上，吉鸿昌宣读了察哈尔民众致前线军民的贺电和冯玉祥总司令的贺电，并向到会的民众和士兵介绍了专程由张家口赶到多伦慰问抗日同盟军的御侮救亡会代表。

25 日，在中国共产党领导下，华北御侮救亡会代表大会在张家口开幕，抗日同盟军总部成立了收复东北四省计划委员会，准备进一步收复失地。

察北四城的收复，极大地鼓舞了全国人民的斗志。

民众抗日义军在堡垒内守望，配合正规军作战。

然而，蒋介石却反诬同盟军破坏"国策"，令何应钦派重兵大举进攻察哈尔。到20日，进攻的兵力达到18个师。吉鸿昌与抗日同盟军各将领联名发表通电，谴责南京政府的卖国行径。通电说：

"誓以战士之碧血，渲染塞外之秋草？四省不复，此志不渝，愿全国民众共起图之。"

8月上旬，抗日同盟军深陷日军和国民党中央军的大包围之中，国民党的军队达16个师，20多万人，包围大军节节进逼。与此同时，何应钦又从抗日同盟军内部进行收买瓦解，致使同盟军内部发生动摇。冯玉祥苦于内外形势及个人困难处境，于8月14日不得已而下野，离开张家口，同盟军被分化。一些将领先后叛变，最后只剩下吉鸿昌、方振武两部抗日不屈。他们在张家口附近的老君庙开誓师会，改"抗日同盟军"为"抗日讨贼军"。

8月24日，吉鸿昌出席中共河北前委在张北县二泉井村召开的扩大会议。会上成立了抗日同盟军革命军事委员会，吉鸿昌被选为常委。

吉鸿昌、方振武率部队沿热察边境到达北平十三陵、小汤山、高丽营一带，准备东进冀东，在敌后开展游击战争。这时适值潮白河暴涨，又遭到日蒋军的联合堵截，部队在小汤山、高丽营一带与敌人展开了战斗。当时中共北方局指示吉鸿昌寻机将部队带到冀南或者晋察边区建立新苏区，因而突破重重包围的小汤山战斗就具有十分重要的意义。战斗开始时，吉鸿昌亲自动员战士，敌人在我军步、骑、炮配合进攻下乘黄昏仓皇逃走，我军一举攻克小汤山。经过艰苦卓绝的战斗，部队虽取得一次又一次的胜利，但在日蒋军队的重重包围、日军飞机轮番轰炸、敌军日夜不断的进攻中，吉部弹尽粮绝，终归失败。为了保存抗日实力，吉鸿昌与方振武到国民党第32军驻地同商震谈判。不料，蒋介石却电令商震把吉鸿昌和方振武押送北平审问。途中，吉鸿昌用计使方振武脱身。车行至北平城外，押送人员在吉鸿昌感化下，冒着生命危险放走了吉鸿昌。

吉鸿昌将军题词

举起抗日救亡的大旗

1933年秋，吉鸿昌化装后秘密回到天津。为安全起见，他先住进了惠中饭店。随后，就悄悄地回到坐落在法租界的家——红楼中"隐居"，实际上则是在党领导下继续开展抗日统一战线的活动，积极联络各地反蒋抗日力量，准备重新举起抗日救亡的大旗。

1934年1月，吉鸿昌与宣侠父化装秘密赴沪，与上级党组织取得联系，向党组织汇报了察哈尔民众抗日同盟军的抗日经过，并接受了新任务。从上海回津后，他革命的劲头更大了，他说："从一个爱国者到一个共产主义者，这中间需要走过多长一段艰辛曲折的路程，可是每走一步又是多么的愉快啊！"

在津的这段日子，吉鸿昌同宣侠父、南汉宸同志和任应岐将

吉鸿昌旧居——红楼

军等，组织了中国人民反法西斯大同盟。这个同盟的中央委员会，有冯玉祥、李济深、方振武、任应岐等各地反蒋抗日力量的代表。吉鸿昌被推选为中央委员会的主任委员，并是大同盟内的中共党团领导成员。

吉鸿昌还和宣侠父等创办《民族战旗》报（后曾改名为《华北烽火》、《长城》出版），作为这个大同盟的机关刊物。他那座位于法租界花园1号的住宅——红楼，成了党组织的联络站。当时曾有不少党的负责同志，都在这幢有点神秘的红楼里隐藏过、工作过。在三层楼的一角，还设有一个小小的秘密印刷所，油印一些秘密文件，同时也是《民族战旗》的编辑室。每期刊物的出版，都是一场紧张的战斗。吉鸿昌愉快地说：

排队等待施粥的贫民

将军恨不抗日死

——慷慨就义的吉鸿昌

"我这人一辈子活得可真值得，工农兵学商五行我都占全了。"

吉鸿昌回到天津不久，就被"法租界"巡捕房侦知。他们在吉鸿昌家门口安上一个"钉子"。深更半夜，还有许多黑影在红楼周围晃来晃去。吉

鸿昌对他们生活上关心，政治上开导，不久，那些站岗的巡捕都被他感化了。吉鸿昌每次进出，巡捕都向他打敬礼。后来，蒋日法互相勾结，跟踪的特务越来越多。一次，吉鸿昌揪住一个特务的胸口怒问："你是不是中国人？还有没有良心？我一天给你多少钞票，还一天到晚跟着当'保镖'，我要看看你这里面装的是什么东西！"

为了党的秘密印刷所免遭敌人的破坏，吉鸿昌与地下工作同志决定再次转移，秘密活动地点从"惠中饭店"转移到"国民饭店"。

3月，吉鸿昌与宣侠父等制订了中原暴动计划。吉鸿昌一面派人秘密与已进入江西苏区的两师旧部联系，加紧策反工作；一面着手准备在家乡河南发动暴动，

与兵变后的部队联合起来，组成有十几万人参加的抗日义勇军，与杨虎城的部队联合，开辟西北抗日根据地。

吉鸿昌还派人到南方联络方振武，请方振武北上；又派人到西安，通过王菊人与杨虎城联系，得到了杨虎城的全力支持。

与此同时，吉鸿昌还通过各种渠道，积极在各地发展人民武装自卫军组织，并通过老关系联络了一批原西北军中具有反蒋抗日和爱国思想的旧军官，秘密将这些人召集到天津，由南汉宸、宣侠父及曾任中共天津市委宣传部部长的李铁夫负责进行谈话、训练。

吉鸿昌在天津开展地下活动时，以打牌做掩护使用过的牌桌。

然后，把他们分别派往西北各省，以及豫南、豫西、安徽等地，组织人民武装抗日自卫军，以配合中原暴动计划的实施。短短的几个月中，吉鸿昌重举武装抗日大旗的工作取得了很大的进展。

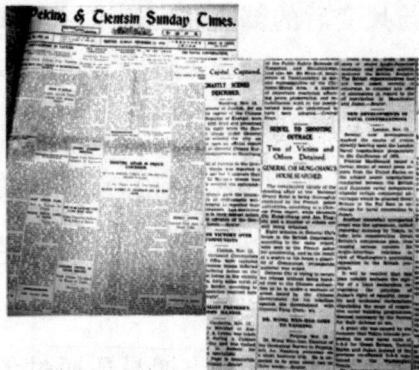

1934年11月11日，英文平津《泰晤士报》刊登了吉鸿昌被捕的消息。

吉鸿昌的积极抗日活动引起了敌人更加密切的注意。吉鸿昌为了党组织及同志们的安全，当机立断，改变了联络地点和方法，并秘密地把印刷所转往他处。他自己也改变了作风，整天到惠中、交通等大饭店以"访友""打牌""听戏"为掩护，联络各地抗日反蒋军队的代表，利用各种机会巧妙地在群众中宣传抗日救国。当时天津著名评书老艺人张寿臣在吉鸿昌的鼓励下，编了许多以抗日救国为内容的节目进行宣传。

8至9月间，派往安徽发动武装抗日工作的同志被捕，吉鸿昌在天津组织训练武装抗日力量的活动也相继暴露。蒋介石严令北平军分会不惜一切手段逮捕吉鸿昌，同时密令复兴社特务处暗杀吉鸿昌、南汉宸等人。

11月9日晚，吉鸿昌与任应岐借打牌为名，在法租界国民大饭店45号房内秘密同李宗仁的代表会谈。然而此时，国民党特务已跟踪而至。吉鸿昌秘密会谈的房门被推开，国民党特务开枪射击，李宗仁的代表刘某被当场打死，吉鸿昌与任应岐均身负枪伤。据当时报纸报道："暴客二人，启门向刘开枪，刘当即倒地。旋向吉鸿昌射击，伤及臂部，伤势较轻，任应岐仅手部受微伤。"

敌人行刺后，仓皇逃走。随后，法租界工部局倾巢出动，以"杀人嫌疑"罪名将吉鸿昌等人逮捕，后送往老西开法国天主教堂后法国医院。

国民饭店遇刺后，吉鸿昌被特务严密监视起来。

任应岐（右一）和吉鸿昌（右二）

——慷慨就义的吉鸿昌

将军恨不抗日死

他设法通过一个中国女护士将他遇刺被捕的消息转告给夫人。吉夫人将一些书信文件迅速烧毁，并通知有关同志迅速转移。

11月10日，法租界工部局审讯吉鸿昌，诱逼其供出天津地下党负责人名单及活动情况。一个姓窦的特务拿出一张纸条，上面写着我天津地下党组织负责人名单，要吉鸿昌供出他们的下

吉鸿昌在抗日同盟军失败后，化装潜回天津时戴过的帽子。

落。吉鸿昌一把将纸条撕碎，劈面砸去，冷笑一声说："真是笑话，想叫我出卖同志吗？真是瞎了你的狗眼，告诉你们，要杀要砍只有我吉鸿昌一个！"敌人狼狈不堪。

吉鸿昌被捕的第八天，吉夫人收到他托人送来的一张纸条，上面写道："要尽快将我为了抗日而被蒋日勾结法国工部局逮捕的消息写成广告，宣传给人民。如果中国报纸不能登，就花钱登英文版的平津《泰晤士报》，在全国和全世界人民面前揭露蒋介石、何应钦卖国求荣、残害抗日志士的丑恶面目。"不几天，消息

在英文版的《平津泰晤士报》上以广告形式登了出来。

蒋介石、何应钦见吉鸿昌被捕的消息传开，十分惊恐。他们怕全国舆论支持，急忙要求法国工部局引渡。11月14日，吉鸿昌、任应岐等被工部局以"通缉在案"为由引渡给国民党天津市公安局审讯，后被押往国民党第51军军法处，连续受审。据报载：他们被引渡"到公安局后，由第三科提讯，吉倔强蛮骂"。吉鸿昌在第51军军部"遇有提讯时，态度倔强，骂不绝口"。

吉鸿昌深知蒋介石决不会轻易放过自己，他几次要求党组织停止营救行动："请转告党组织，不要再为我费那么大的事了。这件事我心里明白，蒋介石看透了我，就跟我看透了他一样，到他们手里，我就没想活着出去。如果党相信我吉鸿昌，那就请把这些力量用到革命更需要的地方去吧！"

将军恨不抗日死
——慷慨就义的吉鸿昌

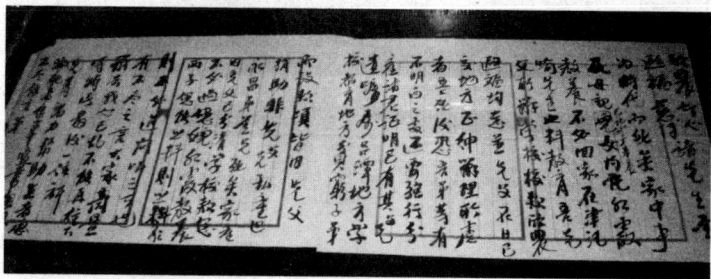

吉鸿昌将军写给好友的遗嘱

我何惜此头！

几天后，吉鸿昌被押到蔡家花园陆军监狱。

1934年11月21日夜，我党地下组织得知蒋介石要把吉鸿昌押送南京亲自审问的消息，当即通知游击队，在山东泰安车站附近拆去一段铁轨，准备半路劫车营救。奸险狡诈的蒋介石好像发觉了勇士们的行动，密电"北平军分会"，授意何应钦将吉鸿昌"就地枪决"。

1934 年 11 月 22 日，吉鸿昌被秘密押送至北平军分会军法处。当时，何应钦派人将一份印有"立时处决"的电报给他看。吉鸿昌看后轻蔑地说："行啊！你们什么时候动手啊？"北平军分会由何应钦主持，23日，北京军分会组织"军法会审"。

坐落在四川省成都市大邑县安仁镇的吉鸿昌雕像

何应钦："吉鸿

昌！你为什么进行抗日活动？快招出你的秘密来！"

吉鸿昌："抗日是为了救国，这是四万万人民的事情，是最光明磊落的事情，有什么秘密？只有蒋介石和你们这帮狗奴才，祸国殃民，残内媚外，和日本暗中勾结，干些不明不白的勾当，这才有秘密，才见不得人。"

吉鸿昌说到兴奋处，将上衣解开，祖露出累累伤痕，说："看！这就是我仅有的一点'秘密'，是你们军队勾结日本鬼子留给我的'纪念'！看吧，这上面有你们的枪伤，有日本帝国主义的枪伤，还有你们这些人面兽心的家伙的创伤。它会回答你们的！"随后，他又对中外记者讲起了中国共产党愿意联合一切党派和军队抗日的主张以及蒋介石卖国求荣的罪恶行径。一时间，"军法会审"变成了

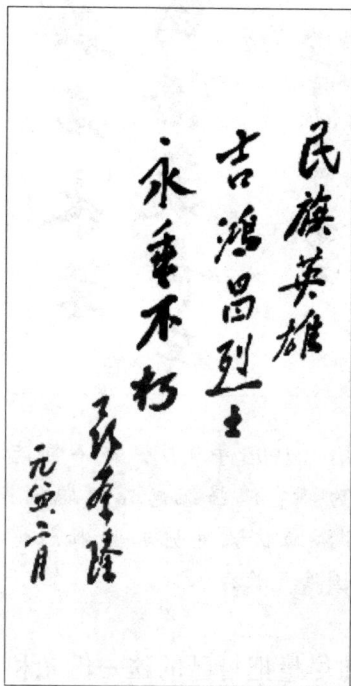

民族英雄
吉鸿昌烈士
永垂不朽
聂荣臻
元安六月

1984年2月，聂荣臻同志为中共天津市委党史资料征集委员会编辑出版的《吉鸿昌将军牺牲五十周年纪念辑》题词："民族英雄吉鸿昌烈士永垂不朽"。

吉鸿昌的抗日演讲会。当时，有许多记者都很同情他，纷纷交头接耳，连连赞叹。何应钦吓得浑身发抖，面色铁青，气急败坏地宣告"退庭"。"军法会审"只好草草收场。

在这次"会审"中，吉鸿昌受了酷刑。但他从来没有叫过一句苦，喊过一声痛。

吉鸿昌遍体鳞伤回到狱中，他知道死亡在步步逼近，但他强忍伤痛，不放松每一分钟，继续向难友们宣传抗日救国的大

浴血抗敌英名永垂
壮烈殉国浩气长存

吉鸿昌将军纪念馆

一九九五年九月 乔石

1995年9月，乔石同志为"吉鸿昌纪念馆"题词："浴血抗敌英明永垂 壮烈殉国浩气长存"。

义。他说："我要在牺牲之前尽量把自己的这一份光和热贡献给民族的解放事业。"有人劝他休息一下，他说："我要永远休息了，你让我多宣传几句吧！"

1934年11月24日，是吉鸿昌殉难的日子。早晨，何应钦按照蒋介石的电令，决定把吉鸿昌"立即枪决"。消息传来，吉鸿昌显得异常镇静安详。他向

敌人要来笔墨纸张，在膝盖上奋笔写下了革命遗书。在这封遗书中，他叙述了自己坎坷曲折而终于走向革命道路的一生，痛斥蒋介石祸国殃民的种种罪行，号召人民团结起来，一致对外，抗战到底。写好后，他托监刑官送给夫人胡洪霞，然后交给党组织。可是，监刑官却交给了何应钦。何应钦看了后气得两手发抖，一把投入火炉中。

同天早晨，吉鸿昌还给夫人、兄弟、朋友写了简短的遗嘱。后来几经辗转，终于到了夫人手中。

1934 年 11 月 24 日，吉鸿昌就义前写给妻胡洪霞的遗嘱。原文如下：

　　洪霞吾妻鉴：夫今死矣，是为时代而牺牲。人终有一死，我死您也不

1995 年 9 月 14 日，李瑞环同志为吉鸿昌将军诞辰 100 周年纪念活动题词："忠烈千秋"。

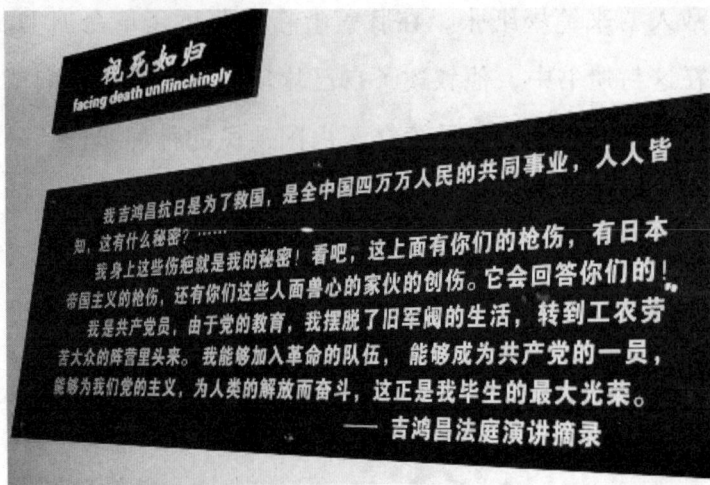

必过悲伤，因还有儿女得您照应，家中余产不可分给别人，留作教养子女干等用，我笔嘱矣。小儿还是在天津托喻先生照料，上学以成有用之才也，家中继母已托二、三、四弟照应教(孝)敬，你不必回家可也。

1934年11月24日，吉鸿昌就义前写给兄弟的遗嘱。全文如下：

国昌、永昌、加昌等见字兄已死矣，家中事俱已分清，您嫂洪霞及小儿鸿男、悌悌由您洪霞嫂教养，吾弟念手足之情照应可也，唯兄所恨者先父去世嘱托继母奉养之责，吾弟宜竭力孝敬不负父兄之托也。

兄吉鸿昌书

十一月二十四日十一时冲

1934年11月24日，吉鸿昌就义前写给好友的遗嘱。全文如下：

欣农、仰心、遐福、慈情诸先生鉴：昌为时代而死矣，家中事及母亲已托二、三、四弟奉养，儿女均托洪霞教养不必回家，在津托喻先生照料教育，吾先父所办学校校款欣农遐福均悉，并先父在日已交地方正绅办理，所虑者吾死后恐吾弟等有不明白之处还要强行分产，诸君证明已有其父兄遗嘱，属吕潭地方学校教育地方贫穷子弟而设款项皆由先父捐助，非先父兄私产也。永昌弟鉴：兄死矣家产由先父已分清学校款您不必过问，您嫂洪霞教养两子您能照料则照料否则不必过问，听之可也，有不尽之言大家商量办去，我心已乱不能再往下写，特此最后一信祈兄等竭力帮助生者感激死者结草鉴书匆匆不尽馀言。

将军恨不抗日死

——慷慨就义的吉鸿昌

吉鸿昌手启

十一月二十四日

　　下午 13 时 30 分，吉鸿昌慢慢披上斗篷，从容不迫地走出监狱，他视死如归，昂首挺胸大踏步走向刑场。走着走着，他突然停下来，弯腰拾起一根树枝，以大地为纸，奋力地写下了浩然正气的就义诗：

　　恨不抗日死，留作今日羞。

　　国破尚如此，我何惜此头！

写罢，他起身对执刑的刽子手厉声说："我为抗日而死，不能跪下挨枪，我死了也不能倒下！""给我拿个椅子来，我得坐着死。"特务们不敢违拗，就把椅子搬了过来。这时，执刑特务悄悄溜到将军背后，将军猛然回头，把大手一挥，命令道："到前面去，共产党员光明磊落，不能背后挨枪，我要亲眼看着敌人的子弹是怎么打死我的……"

当特务在吉鸿昌面前颤抖着举起枪时，他振臂高呼：

"中国共产党万岁！"

"中国革命万岁！"

"打倒日本帝国主义！"

在这震山撼岳的呼喊中，中华民族的抗日英雄、党的好儿子吉鸿昌同志倒在了椅子上，年仅39岁。

当时的许多报纸敬佩地称道他："至死不屈""神色自若""这位愤懑不平的将军就义的时候态度从容。"

吉鸿昌被刺、被捕和就义的消息，京津各报纷纷登载出来，就连国民党政府也不得不承认吉鸿昌的大义凛然、宁死不屈的英雄气概。这是当时京津部分报纸登载的消息。

　　吉鸿昌就义后，党组织派人及时找到烈士的家属，转达了对吉鸿昌壮烈牺牲的哀悼，指出："鸿昌同志牺牲得这么英雄，这么勇敢，真是中国人民的优秀儿女，我们党的杰出战士。他的精神永垂不朽，他所献身的革命事业一定能够胜利。因为他是为真理而光荣牺牲，他全力以赴的斗争是正义的。中国人民决不会忘记他，党也会永远怀念他的。"

　　1945年党的七大时，党中央决定授予吉鸿昌革命烈士称号。

　　1951年，人民政府把印有毛主席亲笔题词的"永垂不朽"的光荣烈属证书授予烈士的妻子胡洪霞。

　　1964年4月，吉鸿昌烈士墓由原籍扶沟县吕潭镇迁到郑州烈士陵园。

1971年，周恩来在国务院召开的一次会上指出：
"吉鸿昌同志由旧军人出身，后来参加了共产党，牺牲
时很英勇，从容就义。很有必要把他的事迹出书。"

1979年4月5日，吉鸿昌烈士纪念馆在河南省扶沟
县落成。

1984年，在吉鸿昌烈士就义50周年前夕，河南扶
沟人民在烈士陵园吉鸿昌事迹陈列馆前，为烈士塑了
铜像；邓小平为河南人民出版社出版的《吉鸿昌将军
牺牲五十周年纪念辑》题写了书名。聂荣臻、薄一波
也亲笔为纪念碑题名、题词。

1995年，在吉鸿昌烈士诞辰100周年之际，李鹏、
乔石、李瑞环、刘华清、张爱萍、迟浩田、程思远等

吉鸿昌将军铜像

将军恨不抗日死
——慷慨就义的吉鸿昌

郑州烈士陵园将军亭吉鸿昌纪念碑

党和国家领导人分别为吉鸿昌烈士题了词。

2009年9月14日，他被评为100位为新中国成立做出突出贡献的英雄模范之一。

伟大的抗日民族英雄吉鸿昌将军英勇地殉国了，他生前的遗愿已变成现实，我们的祖国已成为屹立在世界东方的巨人。他的光辉业绩将永远载入中华民族的史册中，他的革命精神和爱国精神将永远激励着我们奋勇前进！

挥泪继承英烈志，誓将遗愿化宏图。让我们缅怀先烈，继往开来，努力实现中华民族伟大复兴，把我们伟大的祖国建设得更加繁荣、富强！

吉鸿昌纪念馆

吉鸿昌是中国共产党优秀党员、著名抗日民族英雄。1984年，为了缅怀将军，弘扬英雄业绩，扶沟人民在县烈士陵园内，建成了"吉鸿昌烈士纪念馆"。1995年，在吉鸿昌诞辰100周年之际，国家主席江泽民亲题馆名"吉鸿昌将军纪念馆"。

吉鸿昌将军纪念馆坐落在河南省扶沟县城东南隅，东邻周郑公路，南依311国道，西距京珠高速50公里，交通便利。纪念馆占地6300平方米，主体建筑由大门、将军铜像、纪念广场、小何庄战斗纪念墓碑、吉鸿昌陈列馆、名人书画馆和扶沟县革命烈士事迹陈列馆组成。展出版面图片220余幅，陈列文物228件、字画134幅，真实生动地记录了革命烈士的英勇事迹。

吉鸿昌将军纪念馆前身是扶沟县烈士陵园，始建于1962年，1979年在原址基础上开始筹建

"吉鸿昌烈士纪念馆"，1984年，在吉鸿昌牺牲50周年之际建成并对外开放，1995年，在吉鸿昌诞辰100周年之际，更名为"吉鸿昌将军纪念馆"。

吉鸿昌将军纪念馆建筑设施布局合理，错落有致。园内花木林立，环境幽雅，绿化覆盖率达80%。纪念馆大门朝东，巍峨壮观的仿古式门楼正上方是原国家主席江泽民在1995年亲笔题写的馆名"吉鸿昌将军纪念馆"。进入园内，

路两侧有假山点缀，水泥道路平坦有形。路北侧有河南省人民政府于1987年批准"吉鸿昌烈士纪念馆"为"河南省重点烈士建筑物保护单位"的纪念碑。园内西南处是"小何庄战斗殉难烈士纪念墓碑"，安葬着小何庄战斗中20余名为国捐躯的烈士。纪念广场面积600平方米，周围松柏环绕，庄严肃穆。广场正中央13块花岗岩砌成的底座上立有吉鸿昌将军半身戎装铜像，底座高2米，铜像重1吨。广场正北是"吉鸿昌烈士陈列馆"，展厅面积190平方米，展出版面163幅、实物120件，展示了吉鸿昌将军光辉战斗的一生。东侧的"名人书画馆"内存放有老一辈无产阶级革命家邓小平、聂荣臻及党和国家领导人江泽民、李鹏、乔石、李瑞环、刘华清的题词，另有当代书法（画）家字画134幅。西侧的"扶沟县革命烈士事迹陈列馆"内利用版面63幅、实物108件，展示了全县各个时期22名著名烈士的英勇事迹。展厅正中央的"扶

将军恨不抗日死
——慷慨就义的吉鸿昌

沟县革命烈士英名台"上记载着全县各乡镇287名烈士的英名。

吉鸿昌将军纪念馆具有较大的辐射力和影响力，对搞好爱国主义教育基地建设，广泛开展爱国主义教育和革命传统教育活动具有非常重要的意义。纪念馆自建成开放以来，共接待社会各界人士数百万人次，是河南省乃至全国重要的青少年教育基地、爱国主义国防教育基地。

吉鸿昌将军半身戎装铜像

附　　录

附录一：我的父亲吉鸿昌

吉瑞芝

我一直向往着一个地方，吕潭镇，一个豫东小镇。一个多世纪以前，我的父亲就出生在那儿，那里留下了他少年时的贫苦与倔强。

河南，向来为兵家必争之地，尤其是在军阀混战的年代里，一代代传下来的只有一连串的苦难、辛酸与悲愤。那时侯，祖父经营着一家小茶馆，由于他天性豁达、虚怀好问，结交了许多南来北往的爱国志士。从他那里，父亲懂得了什么叫"国家兴亡，匹夫有责"，获得了一种救亡图存的民族意识，这种纯朴的

电影《吉鸿昌》海报

将军恨不抗日死
——慷慨就义的吉鸿昌

爱国思想影响着他的一生。

父亲生在那样一个灾难深重的历史时期，自然无力摆脱接踵而来的重重苦难。他6岁丧母，只在乡塾里读过几天书，就不得不去分担生活的重担了。高高的个子、勤劳憨厚的性格和父亲身上所特有的刚直倔强使他成了穷孩子们的领袖，得到了乡邻的称道，也让他品尝到了更多的屈辱与艰辛。

1911年爆发的辛亥革命推翻了腐朽的清政府，不料代替封建王朝统治中国的是以袁世凯为首的北洋军阀。中国人民的生活更加恶化了，民族危机越发深重起来。这时，父亲正在周家口的一家杂货行当学徒，那段日子，他经受了更多苦难的煎熬，也让他的心中郁积了更强烈的愤怒。1913年8月，冯玉祥将军到堰城一带来招募新兵。父亲看到招兵的旗帜，便毫不犹豫地走上前去。父亲的戎马生涯就从这一天开始了。当时，他也许还不知道自己参加的是什么性质的队伍，自己要和谁交战，但他脑子里却有异常清晰的八个字——"国家兴亡，匹夫有责"。

在军阀部队的底层当兵，当然免不了要吃苦头。投军以前父亲对军队生活曾有过的一些美好的憧憬，很快地破灭了。但他的聪颖勇敢、机敏豪爽也很快显示出来，渐渐地，便有许多关于他的传奇故事在军中流传开来。他不会游泳，却敢于下水救人；他是一个名副其实的打虎英雄；最为难能可贵的是他敢于在冯玉祥面前直言不讳，于是冯将军送给他一个特殊的称号——"吉大胆"。1927年，他升任国民军第19师师长。他率领的这支军队攻无不克、所向披靡，在西北军中有"王牌""铁军"之称。

在西北军的十多年间，父亲带领部队转战南北，驻扎过许多地方。那时，他还不懂得如何从根本上改变社会制度，把人民彻底地解放出来。但他真诚地关心人民的疾苦，热切地想为百姓做点好事。几十年以后，当我踏着父亲的足迹回到吕潭时，还能听到他的义举在家乡的大地上传诵着。

吉鸿昌的女儿与吉鸿昌学校的学生在一起

读书曾是父亲儿时最大的心愿，他立志要在家乡创办一所学校，让穷孩子都能够上学。1922年，他终于如愿以偿地在家乡创办了吕潭小学，继而创办了豫东中学。这所学校的规模设备在当时是首屈一指的，父亲对它倾注了极大的心血，也耗尽了省吃俭用的所有积蓄。

父亲只是一个贫苦的农家子弟，但他的思想极为超前，在事业上他有一个远大的抱负，"认定开发广漠富饶的西北，是中华民族解决生活问题的一条好出路"，希望能够"化剑戟为农器，舍破坏而生产"。但在中国革命还没有取得胜利以前，他的这些美好的愿望只能是无法实现的幻想。

1930年，父亲的部队被蒋介石收编，并被派到苏区"围剿"红军。同红军较量的结果使他十分震惊，他率领的那支常胜不败的"铁军"接连被打得一败涂地。

这个时候，是在他思想上经历着激烈斗争的时候，他开始阅读共产党散发的书报，开始留心观察红色区域的新气象，也开始了与共产党人的密切联系。这一切终于使他悟出一次次的军阀混战不过为国家换来了越逼越紧的内忧外患，自己的血不是为工农大众流了，而是为军阀流了。1931年，在父亲36岁的时候，他用眼泪和鲜血找到了"阶级革命"这4个字，也找到了生命中新的航向。

此时，父亲已经变成了蒋介石眼中必须拔除的异己力量，1931年8月，他被逼出国"考察"。就在他即将启程的时候，九一八事变爆发了。父亲听到这个消息，不禁痛哭流涕。国难当头，凡有良心的军人，都会誓死救国。他又怎么忍心去国远游，把祖国和人民交给侵略者呢？但蒋介石政府不许他抗日，依然逼着他出国。满怀着一腔愤懑，父亲只能依依不舍地遥望着北国的烽烟，他的抗日的豪情都化作滚滚的热泪，洒向了惊涛骇浪。

父亲曾对外国记者说："我国有形的武器，虽然不如日本，但无形的武器，就是所谓民气，却胜过日本百倍，这就能够保证取得最后的胜利！"1932年回国以后，他立刻投入了组织民众进行抗日的活动。这一年，父亲成了一名真正的共产党员。他从一名仅仅怀有爱国心的国民党高级将领彻底转变为一名共产主义战士，而我恰恰又在那一年出生。母亲说父亲当时真是高兴极了，仿佛变了一个人，他说他从此要为了受苦的民众、为了他的胖姑娘，把自己的全部奉献给革命事业。

1933年5月，一支名叫民众抗日同盟军的武装力量诞生了，7月父亲率部光复多伦，创造了九一八事变

将军恨不抗日死
——慷慨就义的吉鸿昌

吉瑞芝、郑慈云夫妇历年来撰写的回忆父亲吉鸿昌的部分纪念书刊。

以来，中国军队首次从日军手中收复失地的壮举。

察北抗日的熊熊烈火被蒋介石政府无情地扑灭了，父亲洒泪告别了追随他的士兵，辗转回到天津，回到了他阔别一年多的家里。从此，红楼便时常住进一些共产党人，他们与父亲一起开会、印报纸，总要忙到深夜。虽然他整天早出晚归，虽然我们家附近总有一些鬼鬼祟祟的身影出没，但那却是红楼里一段最温馨的时光，也是我和父亲相处最久的日子。父亲总是显得意气风发，从一个爱国者到一个共产主义战士，这中间需要走过一段漫长而崎岖的路，然而每走一步对他来说又是多么愉快呀！

红楼的温馨在一昼夜间消失了，1934年11月9日连同以后的无数个日日夜夜都变得那样漫长、那样刻骨铭心。

父亲走了，在他刚刚度过39岁生日的时候，在1934年11月24日。母亲说那是一个格外寒冷的冬日。那年我刚满两岁，而母亲只有29岁。

无论世道多么黑暗，人也总是可以选择为崇高的信念而活着。父亲就是这样选择的，在生命的最后时刻，他选择了他的共产主义理想，选择了为他灾难深重的祖国和人民而奋斗，但对深深爱着的家人他却没有时间再做叮咛了。"恨不抗日死，留作今日羞。国破

尚如此,我何惜此头。"这是他留下的最后20个字,短短的20个字却注定要我用一生的时间去领会,因为这是他人生中最壮丽的诗篇。

如今,我已经68岁了,每当看到小外孙在我的膝头嬉戏时,我就不禁想到,我要是能在父亲身边多生活一些岁月该多好啊。我和父亲相聚的日子只有两年多的时间。两年,这在漫长的人生中是一个多么短暂的瞬间哪!但在68年的时光中,父亲却从未真正离开过我。揽镜自视,父亲不仅把他的容貌、他的性情、他的传奇留给了我,也把他的责任、他的使命留给了我。

走进魂牵梦系的红楼,我仿佛又看见父亲在灯光中上楼的身影,仿佛又听见他洪亮的声音:"胖姑娘,像我,有出息!"我和父亲生活在完全不同的时代,我不可能再像他那样金戈铁马、纵横疆场。但我要用我的绵薄之力去完成父亲未竟的事业。这也许就是胖姑娘能够给他的最好纪念吧。

附录二:吉鸿昌被刺真相

1934年11月9日,曾经担任抗日同盟军北路总指挥,浴血奋战收复多伦的吉鸿昌将军,在天津国民饭店遇刺。

这一消息迅速传遍了全市、全国乃至世界各地。但凶手是谁，不得而知。

天津解放后，1951年，天津市人民法院才将真凶吕一民绳之以法。

被迫出洋

1930年春，冯、阎、蒋中原大战爆发。吉鸿昌被冯玉祥委任为第三路军总指挥，率部在豫东一带作战，重创蒋军。但在蒋介石收买、分化和瓦解之下，冯、阎反蒋联合战线不久就四分五裂了。西北军全线崩溃，所部分别为蒋收编，吉被任命为22路军总指挥兼30军军长，防区在河南潢川、光山一带，担任"剿共"任务。但吉却向其部下和士兵们宣传"枪口不对内""中国人不打中国人"等进步思想，而且在三道河给苏区写信，表示决不与红军打仗，还随时准备弃暗投明。

同年5月，蒋介石电令吉鸿昌向安徽金家寨"进剿"红军，并派冷欣为特派员驻吉鸿昌总部监视，而吉拿定主意就是不打内战。于是，蒋介石撤销了他的军职，迫使他以"考察"为名出国。

加入中共

1932年2月28日，吉鸿昌回国返抵上海。他通过原西北军中的中共地下党员与上海党组织接头，不久返回天津，与华北政治保卫局取得联系。同年4月，

加入中国共产党。由此
被蒋介石视为眼中钉、
肉中刺，决意暗杀吉鸿
昌。

1934 年，蒋介石
一方面责成国民政府发
出通缉吉鸿昌的紧急命
令；一方面通过军统特
务头子戴笠，派天津站
长陈恭澍负责对吉鸿昌
等人进行杀害。

陈恭澍受命后，深
感此事重大。为了尽快

1950 年，镇压反革命大会在
天津民园体育场召开。会上，吉
鸿昌烈士的女儿吉瑞芝控诉了国
民党特务杀害父亲的罪行。图为
报纸上的有关报道。

完成这项任务，他与情报组组长王文经过反复磋商后，
决定吸收几名"胆大心细"、善于搞特务活动的反革命
分子，让他们具体执行刺杀活动。王文先来到北平，
在西单商场门前，巧遇了多年未见的表兄吕一民。王
文眼前一亮，这不正是最好的人选吗？

吕一民将王文引至家中盛情款待。吕一民当即表
示自己愿为蒋委员长效力。

到津不久，吕一民找到比他小 8 岁的本家堂叔
伯侄子吕问友。在他的举荐下，陈恭澍吸收他作为

情报助手。在英租界马克斯道（今保定道松寿里）弄到一栋楼房作为据点，开展特务活动。至此，刺杀吉鸿昌小组成员已全部聚齐。陈恭澍负责指挥，吕一民、吕问友、杨华庭和王文执行侦察和具体刺杀实施。

吉鸿昌潜回天津，最初住在英租界的毗连处中心花园侧面红楼（今和平区花园路4号），并以此为聚会点。吉鸿昌寓所三楼的灯光常常亮至深夜，透过窗帘缝隙，人影隐约可见。吕一民等见到这种情形，即与租界工部局相勾结，准备对吉采取行动。

国民饭店45号房内，吉鸿昌正与任应岐、刘少南及李干三一边打牌一边谈着工作。陈恭澍获悉后非常高兴，亲自出马来到国民饭店后门，躲在汽车

国民饭店

将军恨不抗日死
——慷慨就义的吉鸿昌

里指挥这次行动。首先由王文、二吕及杨华庭在45号对面也开了一个房间。然后,为弄清第一射击目标吉鸿昌的位置,由杨弄来一个小皮球,在二楼楼道里佯作拍球游戏,当饭店茶役走进45号送水时,将球扔了进去,借找球为名,闯进室内,侦察了吉鸿昌等坐的位置。

一切准备就绪,陈恭澍命二吕执行刺杀任务,王、杨把门接应。陈最后说:"只许成功,不许失败,绝不能让吉鸿昌跑了!"

实施暗杀

正在这时,屋里的牌正好打满四圈,搬庄换门。刘少南换到了吉鸿昌的位置,他也脱掉了棉衣,只穿一件小白褂。突然,房门大开,二吕冲进屋内,对准杨华庭报告的位置开枪便射,刘少南中弹当即死亡。跳弹伤及吉的右肩,暴徒正欲再次开枪,吉急扑上去踢掉其手枪,二吕见势不妙,冲出门外,与李、杨一起由西餐部仓皇逃走。

工部局巡捕闻听枪声,冲上楼来问道:"谁是吉鸿昌?"吉答:"我在此等候多时了!"巡捕说:"请你到工部局辛苦一趟吧!"吉说:"我被刺受伤,须到医院治疗。"巡捕打电话请示工部局许可后,将吉送进医院稍加治疗,后连同任应岐、李干三一同拘押于工部局。

时为1934年11月9日。

真凶伏法

11月13日，孔祥熙、宋美龄由绥远经北平至津，为引渡吉对法租界施加压力，并买通了法工部局。14日，吉、任被引渡至天津公安局审讯，后又被押往国民党第51军军法处受审，并关押于曹家花园陆军监狱（今河北区月纬路64号）。李干三被释放。

此后，国民党中央军委北平分会头子何应钦唯恐夜长梦多，急电令天津当局把吉押解到北平。22日，吉鸿昌、任应岐及吉的连襟林少文等3人，被武装军警严密押往北平。

解放后，二吕一直匿居天津。在镇压反革命运动中，二吕匪终被我公安人员捕获，解送天津军事管制委员会军法处审理。审讯中，二人对刺杀吉鸿昌将军的事实供认不讳。1951年3月31日，天津市人民法院判处吕一民、吕问友死刑。

附录三：吉鸿昌题词

一、做官即不许发财

民族英雄吉鸿昌将军，在其短暂的一生中，不仅以其铁骨铮铮、英勇善战让敌人闻风丧胆，而且还以其体恤民情、正直清廉令人们敬仰。

1920年5月，吉鸿昌的父亲得了重病。吉鸿昌回家探望，看到父亲那依依不舍的眼神，知道父亲有话要讲，便说："爹，您有啥话尽管说，孩儿一定铭记照办。"他的父亲语重心长地说："吾儿正直勇敢，为父放心，不过我有一句话要向你说明：当官要清白廉政，多为天下穷人着想，做官即不许发财。你只要做到这一点，为父才死而瞑目。不然，我在九泉之下也难安眠啊！"吉鸿昌强忍悲痛，含着热泪答道："孩儿记下了，请父亲放心！"

父亲病逝后，吉鸿昌即把"作官即不许发财"7个字写在细瓷茶碗上，交给陶瓷厂仿照烧制。瓷碗烧好后，他用卡车拉到部队，集合全体官兵，举行了严肃的发碗仪式。他说："我吉鸿昌虽为长官，但我绝不欺压民众，掠取民财，我要牢记家父的教诲，做官不为发财，要为天下穷人办好事，请诸位兄弟监督。"接

着，他亲手把碗发给全体官兵，勉励大家廉洁奉公。当时吉鸿昌在西北军冯玉祥部下任营长，只有25岁。

自此，吉鸿昌就将那只写有"作官即不许发财"的细瓷茶碗带在身边，用它作为一面镜子，时刻提醒自己应如何为人做事。这只碗随吉鸿昌将军走南闯北，直到他39岁牺牲。

二、国魂

"国魂"二字是吉鸿昌将军最著名的题词之一，但其题词的由来却鲜为人知。

1911年冯玉祥响应武昌起义，在滦州举行起义，反抗清廷统治。因势单力孤而失败，辛亥革命军官王金铭、施从云等将领英勇牺牲。北伐战争期间，冯玉祥部于五原誓师，响应北伐，其间滦州起义者郭茂震、郑振堂等将领又壮烈牺牲。冯玉祥为纪念滦州起义烈士，于1931年捐资，在泰山建"泰山辛亥滦州起义烈士祠"，意使烈士英灵与泰山永垂不朽。

辛亥滦州起义烈士祠

国魂

建在泰山凌汉峰下，依山傍溪，绿树掩映，幽雅僻静。烈士祠为三进院落，中有前厅、后殿，侧有配房。前厅三间，周围环廊，内供祭典时用。厅东南有卧虎石，石巅有杨绍麟关于建祠始末的题刻。后殿三间，前廊式，殿内中悬"慰藉英灵"的巨匾。东有冯玉祥撰、王易门书的"泰山辛亥滦州起义烈士祠记碑"，西有鹿钟麟题书的"王公金铭、施公从云两烈士碑赞"，东西山墙上嵌有冯玉祥"救民安有息肩日，革命方为绝顶人"的隶书石碣。东西配房各三间，东配房内有冯玉祥撰文、杨绍麟书写的"故上将郑公振堂被难记碑"，西配房内有郭茂震、张敬舆合撰的"被难记碑"。吉鸿昌为辛亥滦州革命烈士的题词石碣即嵌在山墙之上。字体端庄工整，气势磅礴，一如其为人。

作为冯玉祥将军的爱将、有"铁军"之称的北伐军著名将领，对战友郭茂震、郑振堂的壮烈牺牲，吉鸿昌既一腔悲痛，又一腔崇敬，故题写"国魂"二字予以纪念，同时抒发了自己的浩然之气。后来，吉鸿昌的革命生涯及丰功伟绩，实实在在证明了吉鸿昌将军是当之无愧的国之魂，民之魄，是万世敬仰的民族英雄。

三、功在度支

1929年5月，吉鸿昌率部进入宁夏，随从亲信只带同乡何肇乾一人。当时，宁夏省政府群龙无首，各部门几乎瘫痪。

吉鸿昌就任省政府主席后，举贤不避嫌，任命何肇乾为省财政厅厅长。此人善谋略，精理财，很快就改变了财政状况，深得吉鸿昌赞扬。吉鸿昌亲笔题词"功在度支"匾额赠与何肇乾，以示褒奖。

功在度支

四、懦夫媿(愧)色

1926年，吉鸿昌参观昭君墓时题词："懦夫媿(愧)色"。两侧碑文如下："西汉当元帝之时，边祸日极，内外臣僚皆萎靡不振，怯懦卑鄙无识者之流，并无人敢挺身而□(1)，为国家捍危难者，独明妃以弱孱女子身蹈□□□(2)，其冒险精神与班定远□(3)，光辉映倚装，书此以表钦忱。中华民国十有五年五月中中州吉鸿昌世五氏题"

注：以上三处"□"经推敲，疑为：(1)出；(2)豺狼窟；(3)同。

将军恨不抗日死

附录四：有关吉鸿昌的民谣

还是吉家恩德重

儿子在外做高官，老子在家救黎民。

还是吉家恩德重，搭救无数落难人。

可恨那些脏官吏，贪得无厌害穷人。

要与吉家比一比，真该打进地狱门。

甘肃民谣

秦州城洪福重，今夜来个吉司令。

攻皇城夺堡子，拿住土匪倒肚子。

(注)秦州：即今天水市。

你是吉铁军

你是吉铁军，用兵真如神。

全军出了名，谁敢与你争。

妙算真如神，勇敢不顾身。

声东击西不落空，赛过三国诸孔明。

土匪闻听吉铁军，连夜逃跑无踪影。

司令教育士兵们

司令教育士兵们，口口打匪要除根。

欢迎投诚受伤人，看待他如亲弟兄。

同是五族亲兄弟，坏在败类头目人。

原当兵的留在营，原回家的送金银。

万事由人干

万事由人干，体壮要占先。

发愤下决心，不惜金和银。

国术练良兵，要除病夫名。

国富民强壮，外人不敢凌。

用心实在好，国家栋梁人。

吉军一来到

吉军一来到，红军哈哈笑。

先关机关枪，后丢盒子枪。

吉军来打仗，对天放空枪。

走时丢武器，送给共产党。

将军恨不抗日死
——慷慨就义的吉鸿昌

中华魂·百部爱国故事丛书
提　要

《誓与禁烟相始终——民族英雄林则徐》

林则徐严禁鸦片，坚决抵抗西方列强的侵略，坚持维护国家主权和民族利益。他是中国近代历史上第一位睁眼看世界的人，是抗击帝国主义殖民侵略的第一人，是中华民族抵御外侮过程中伟大的民族英雄。

《血洒虎门御敌寇——抗英将军关天培》

民族英雄关天培，在第一次鸦片战争中为了抗击英国侵略者的入侵而血洒虎门，为国捐躯，谱写了一曲可歌可泣的英雄赞歌。关天培用他的生命，书写了中国人民反抗外侮的历史。

《威震镇海靖节魂——抗敌英雄裕谦》

在第一次鸦片战争期间的众多牺牲者中，有一位官阶最高，他就是两江总督裕谦。裕谦与外国侵略者斗争立场坚定，与国内妥协派、投降派斗争态度坚决。裕谦督战镇海，与英国侵略军浴血奋战，临危不惧，以身报国，浩气长存。

《斩邪留正解民悬——太平天国领袖洪秀全》

农民出身的洪秀全，从失意文人到起义领袖，经历了长期的思想演变过程，在外敌入侵、清朝政府腐朽的历史环境之下，顺应时代的潮流，成长为一位非凡的历史英雄人物，建立了与清朝政府相抗衡的农民政权——太平天国。

《仰承汉唐　荟萃中外——近代数学家李善兰》

李善兰是我国19世纪重要的科学家之一，在数学、天文学、力学等方面都有重大建树。他继承了我国古代数学的成就，又以极大的热情传播西方科学文化，"仰承汉唐，荟萃中外"，把自己的一生献给了科学事业。

《严谨治学　勇于探索——近代著名数学家华蘅芳》

华蘅芳，中国近代数学家之一。其精通中国古算学，并熟练掌握西方近代数学，是中国验证抛物线并著书立说的参与者。为了证明"外国有的，中国也能造"而鞠躬尽瘁，在引进西方科学技术、传播科学知识上贡献卓著。

《折冲樽俎护山河——近代著名外交家曾纪泽》

曾纪泽是中国近代史上著名的爱国外交家，在中俄伊犁交涉事件中，他秉承抵抗列强、保卫国家的坚定意志，利用外交手段全力同沙俄抗争，捍卫了国家主权、民族尊严，收回了祖国的领土，在近代中国外交史上留下了光辉的一页。

《甲午海战留英名——民族英雄邓世昌》

邓世昌，北洋水师名将。本书以邓世昌的成长过程为线索，以代表性的历史故事为主要内容，还原真实的历史事件，突出鲜明的人物性格。邓世昌因在中日甲午海战中突出的英雄气概而名垂史册，书写了伟大的爱国主义篇章。

《誓与舰队共存亡——北洋水师提督丁汝昌》

丁汝昌处在清朝政府的腐朽和李鸿章的专断下，难以施展爱国的抱负，壮志未酬，愤恨而终。但丁汝昌为建立近代海军作出的巨大贡献，带领北洋舰队爱国官兵勇抗强敌的英雄事迹，将永远为后代所传颂。

《镇南关上凯歌扬——抗法老英雄冯子材》

1885年中法战争中，年逾古稀的冯子材为抵御外国侵略，勇赴国难，大败法军于镇南关，并乘胜追击，接连收复文渊、谅山等地，从根本上扭转了中法战争的局面，成为近代民族英雄的杰出代表。

《屡败法军逞英豪——黑旗军将领刘永福》

刘永福是黑旗军的创建者，是农民出身的杰出军事家、政治活动家。在19世纪发生的援越抗法、中法战争中，他率部与帝国主义侵略者进行了殊死的战斗，建立了卓越的功勋，成为我国近代史上著名的民族英雄，为后世所景仰。

《矢志变法强国家——戊戌变法领袖康有为》

康有为是清末民初最有影响力的思想家之一。他领导了中国知识界的启蒙运动，掀起了一场自上而下的政体改革。他最早在中国提出了立宪政体和具体的宪政方案，主张在坚持儒家传统和帝制的前提下，学习西方经验，他的进步思想对近代中国具有深远的影响。

《开民智以报国　普新知而图强——戊戌变法思想家梁启超》

梁启超，中国近代史上著名的政治活动家、启蒙思想家、史学家、文学家、戊戌变法领袖之一。本书以百日维新思想家梁启超的成长过程为线索，以代表性的历史故事为主要内容，还原真实的历史事件，突出鲜明的人物性格。

《我自横刀向天笑——维新志士谭嗣同》

谭嗣同在民族危机的严重时刻，投身改革救中国的洪流。为了带给祖国一个光明的未来，紧要关头，他挺身而出，用自己的鲜血激励后人，把宝贵的生命献给了变法事业。

《睡乡敢遣警世钟——用生命警策国人的陈天华》

陈天华是民主革命的活动家和宣传家。他写的《猛回头》《警世钟》等书，起到了革命启蒙的重大作用。为了激发留日学生的爱国情怀，他不惜投海自杀，演出了近代史上感人至深的一幕，给后人留下了难忘的印象。

《革命军中马前卒——民主斗士邹容》

革命乃"至尊极高，独一无二，伟大绝伦之一目的"；它是"天演之公例，世界之公理，顺乎天而应乎人"的伟大行动。因此，必须"仗义群兴革命军"。他激情高呼："革命独子万岁！中华共和国万岁！"这就是《革命军》的作者，中国近代著名资产阶级革命宣传家邹容。

《休言女子非英物——鉴湖女侠秋瑾》

为民族解放和妇女解放而英勇斗争的秋瑾，冲破封建礼教的思想牢笼，打碎封建精神枷锁，崇仰真理，追求光明，主张共和，坚持男女平等，最终献出了自己年轻的生命。

《血溅校场　杀身成仁——民主斗士徐锡麟》

本书讲述了反清志士徐锡麟弃文从武、投身反清革命事业，最终被清政府杀害的故事。出于对国家的热爱，徐锡麟献出自己的生命，他的事迹将永远激励后人深切缅怀这位民主革命的先驱。

《生可死耳　我志长存——献身民主的禹之谟》

禹之谟，民主革命党人，同盟会会员，近代资产阶级革命家、实业家。1886年，20岁的禹之谟"提三尺剑，挟一卷书"游历四方，研究西方社会政治学说，忧国忧民之心日趋强烈。戊戌变法失败，他丢掉改良幻想，倡革命救亡之说，走上民主革命道路。

《物竞天择　适者生存——资产阶级启蒙思想家严复》

严复是中国近代著名的启蒙思想家、翻译家和教育家。他长期从事教育和翻译事业，为近代中国人才培养和思想启蒙做出了重要贡献，同时他也为中国的翻译事业和中西思想文化交流做出了重要贡献。

《辛亥革命急先锋——资产阶级革命家黄兴》

黄兴，清末民初资产阶级革命家，中华民国开国元勋。黄兴在武昌首义及辛亥革命时期的爱国表现，与孙中山闻名于当时，常被时人以"孙黄"并称。本书以资产阶级革命活动实干家黄兴的成长过程为线索，歌颂了先辈伟大的爱国主义精神。

《矢志革命　百折不回——近代民主革命家廖仲恺》

廖仲恺追随孙中山踏上了创立民国与捍卫共和制的旧民主主义革命

将军恨不抗日死

——慷慨就义的吉鸿昌

之路；在新民主主义革命时期，他为建立、巩固首次国共合作和实施三大政策，英勇奋斗，为国殉职，洒尽了一腔热血。

《将军拔剑南天起——护国英雄蔡锷》

蔡锷是中国近代史上的杰出军事家、爱国者。他的一生短暂而伟大。辛亥革命爆发，他毅然投身于革命洪流之中，领导云南重九起义，对武昌起义积极响应。袁世凯窃国复辟、恢复帝制的阴谋暴露出来以后，他又毅然举起了武装讨袁的旗帜。

《反帝反封建运动——五四青年的爱国故事》

五四运动是一次伟大的反帝反封建的爱国运动；是一个伟大的历史转折点；是中国人民的斗争从挫折走向胜利的一个关节点，它为中国的前进开辟了一条全新的道路，拉开了中国新民主主义革命的序幕。

《思想自由　兼容并包——著名教育家蔡元培》

蔡元培是中国近现代著名的民主革命家和教育家，一生经历风雨，却始终信守爱国和民主的政治理念，致力于废除封建主义的教育制度，奠定了我国新式教育制度的基础，为我国教育、文化、科学事业的发展做出了富有开创性的贡献。

《为国家争光　为民族争气——中国铁路之父詹天佑》

詹天佑是我国最早的杰出铁道工程师，因主持建造京张铁路而闻名中外，被誉为"中国铁路之父"。他为祖国的铁路事业贡献了毕生的精力。本书向读者展示了詹天佑热爱祖国、科技兴国的辉煌人生。

《实业救国　衣被天下——轻工之父张謇》

张謇是爱国实业家、教育家。他年轻时中过状元。过了40岁，开始投身工商实业活动中，他的名言是"富民强国之本在于工"。在南通，创办大生丝厂、银行等各种实业。并将创办实业的大部分所得投入教育。他的观点是，教育和实业一样，也是"富强之大本"。

《心向革命　追求光明——平民将军冯玉祥》

冯玉祥将军"是一位从旧军人转变而成的坚定的民主主义战士"。

抗日战争期间，他辗转各地，用实际行动积极抗战。日本战败投降后，他为了断绝美国的援蒋内战，又在美国四处演说，揭露蒋介石统治之黑暗，痛斥美国阴谋分裂中国的不良行为。

《刑场上的婚礼——革命烈士周文雍 陈铁军》

周文雍是广州起义的主要领导人之一。陈铁军出身于华侨商人家庭，却毅然投身革命洪流。1928年1月，两人接受派遣，回到广州假扮夫妻从事革命斗争，却不幸被捕。临刑前，两位烈士将敌人的枪声当作自己婚礼的礼炮，用生命和爱情谱写出一曲千古绝唱。

《星星之火 可以燎原——井冈山斗争的故事》

1927—1929年，毛泽东、朱德等老一辈革命家，在井冈山创建了农村革命根据地，进行了艰苦卓绝的斗争，建立了新型革命武装，点燃了工农武装革命之火，找到了农村包围城市最后夺取政权的中国革命的正确道路。

《新民学会的主要发起人——中国共产党早期革命家蔡和森》

蔡和森青年时期曾与毛泽东等人一起组织进步团体新民学会，参加五四运动，并在赴法国勤工俭学时研读大量马克思主义著作，回国后以满腔热忱投身革命事业，成为中国共产党早期重要的理论家和宣传家。

《威震黄浦江畔 高奏抗日壮歌——一·二八淞沪抗战》

面对日本侵略者的挑衅，十九路军在蒋光鼐、蔡廷锴的带领下，高举义旗，奋力一搏。一·二八淞沪抗战，是中国军人捍卫军人荣誉和祖国尊严所发出的吼声，谱写了一曲抗击日军侵略的英雄壮歌。

《将军恨不抗日死——慷慨就义的吉鸿昌》

在国难深重的20世纪30年代，吉鸿昌将军因拒绝执行国民党指示，坚决不打内战，被迫携眷出国"考察"。回国后，他加入中国共产党，组织了民众抗日同盟军，英勇打击日本侵略者，后于1934年11月被国民党反动派杀害。

《献身革命　甘于清贫——梅岭忠魂方志敏》

大革命失败后，方志敏凭着"两条半步枪"起家，身经百战，创建了赣东北革命根据地和红十军。本书真实记录了方志敏投身于革命、领导红军和敌人进行艰苦卓绝斗争的经历，歌颂了烈士贫贱不移、威武不屈、献身革命的高尚品质。

《奏响中华最强音——人民音乐家聂耳》

聂耳在他有限的生命中创作了数十首革命歌曲，在抗日救亡运动中，聂耳的这些歌曲产生了广泛深远的影响。他的音乐创作为中国无产阶级革命音乐的发展指明了方向，树立了榜样。

《横眉冷对千夫指——中国文化革命主将鲁迅》

鲁迅不但是伟大的文学家，而且是伟大的思想家和伟大的革命家。在那风雨如晦的黑暗年代里，他以笔为投枪，同一切帝国主义和反动派进行了顽强的战斗，为中国人民树立了一个不朽的丰碑。他是新文化战线上的一面光辉旗帜，是我们伟大民族的灵魂。

《铁流两万五千里——红军长征的故事》

红军长征是人类历史上的一次伟大的壮举。第五次反"围剿"失败后，中国工农红军的三大主力在极端艰难的条件下，突破国民党军队的围追堵截，进行了史无前例的战略大转移，总行程达两万五千里以上。途中发生了许多动人故事，至今令人难以忘怀。

《荣辱不移革命志——创建陕北红军的刘志丹》

刘志丹是杰出的无产阶级革命家、军事家，西北红军和西北革命根据地的主要创始人之一。他一生热爱人民，追求真理，英勇善战，百折不挠，艰苦奋斗，忠心赤胆，为创建红军和革命根据地、为中国人民的解放事业建立了不可磨灭的功勋。

《英名永存北平城——爱国将领佟麟阁　赵登禹》

1937年7月28日，日军向北平郊区发动进攻。第二十九军副军长佟麟阁奉命在南苑率部与日军苦战，腿部受伤，头部被敌机炸伤，壮烈殉国。第一三二师师长赵登禹指挥部队顽强抵抗日军，右臂中弹负伤，仍继续作战。后在转移途中遭日军截击而牺牲。

《八百壮士　四行仓库铸军魂——谢晋元和他的战友们》

八一三抗战，中国军人以血肉之躯揭开全面抗战的帷幕。这是一场血战，是中国军人不屈不挠的英雄诗篇，其中的八百壮士守四行，成为这首英雄颂歌中最动人、最凄美的音符。一曲四行保卫战，铸就了不屈的军魂。

《八女投江　气贯长虹——八位抗联女战士》

抗日战争时期，以冷云为首的东北抗日联军8名女战士，为捍卫民族尊严，面对凶残的日寇，镇定自若，宁死不屈，投江殉国，表现了中华民族同敌人血战到底的英雄气概。她们的光辉形象，激励着千千万万的后来人。

《艰苦抗战　威震敌胆——著名抗日英雄杨靖宇》

杨靖宇将军是我国著名的抗日民族英雄。曾先后担任磐石游击队政治委员、东北抗日联军第一军军长兼政委、抗日联军总司令等职。领导军民对日寇坚持了长达9个年头的艰苦卓绝的斗争，最终以身殉国。

《死也不当亡国奴——镜泊抗日英雄陈翰章》

陈翰章，从1932年8月投笔从戎，直到1940年12月8日为抗击日本侵略者，战死在镜泊湖畔。他在抗日疆场上奋战了九年，他那可歌可泣的英雄事迹将为人们永世传颂。

《名将殉国　气壮山河——抗日将军张自忠》

著名抗日将领、民族英雄张自忠，生于忧患的时代，抱有"宁为百夫长，胜作一书生"的志向，经历过失败与低谷，最终成就了慷慨人生。本书主要以人物活动为主，勾画出一个真正的"民族魂"鲜活的人生，会带给读者振奋的力量。

《宁死不辱战士名——狼牙山五壮士》

1941年日寇在河北易县"扫荡"。为掩护群众和主力部队撤退，五位八路军战士毅然把敌人引上了狼牙山棋盘坨峰顶绝路。弹尽粮绝、无路可退，五位英雄纵身跳下了万丈悬崖，用生命和鲜血谱写出一曲惊天地泣鬼神的壮举。

《太行浩气传千古——抗日名将左权》

左权，中国工农红军和八路军高级指挥员，著名军事家。是八路军在抗日战场上牺牲的最高指挥员。名将阵亡，太行山为之垂首，全党为之悲痛。周恩来称他"足以为党之模范"，朱德赞誉他是"中国军事界不可多得的人才"。

《虎将兴关外　抗倭统雄师——抗联英雄赵尚志》

本书描写了久经考验的共产党员、东北抗联的创建者和主要领导人赵尚志，在艰苦卓绝的条件下，坚持抗战，威震敌胆，战功卓著，忍辱负重，忠贞不屈，为国捐躯的英雄故事，为青少年读者呈上一部爱国主义的佳作。

《黄埔之英　民族之雄——抗日名将戴安澜》

抗日名将戴安澜，先后参加保定、漕河、台儿庄、武汉、昆仑关等战役，作战英勇，屡建奇功；入缅作战，"扬威国外，藉伸正义"；守东瓜，复棠吉；殒身缅北，遗恨丛林，马革裹尸，成就了光辉的一生。

《爱国志士　民主先锋——新闻出版家邹韬奋》

本书讲述了邹韬奋献身新闻出版事业的奋斗历程，展现了一位新闻工作者坚定的革命信念和炽热的爱国主义精神，全心全意为人民服务、为读者服务的奉献精神，歌颂了他的高尚情操和优良品质。

《为抗战发出怒吼——人民音乐家冼星海》

人民音乐家冼星海，青年时期在巴黎求学，饱尝屈辱与磨难；学成后毅然回到多灾多难的祖国，用满腔热忱谱写激昂的音乐，鼓舞中华儿女的斗志；奔赴延安，谱写出不朽的名作《黄河大合唱》，发出中华民族抗日救亡的怒吼。

《全民皆兵　抗击日寇——抗日战争的故事》

中国人民进行的十四年抗战，是一百多年来中国人民反对外敌入侵第一次取得完全胜利的民族解放战争。这场战争是以国共两党合作为基础，有社会各界、各族人民、各民主党派、抗日团体、社会各阶层爱国人士和海外侨胞广泛参加的全民族抗战。

《捧着一颗心来　不带半根草去——人民教育家陶行知》

陶行知是我国现代教育史上伟大的人民教育家、教育思想家。他从青年起就立志献身教育事业，以"捧着一颗心来，不带半根草去"的赤子之心，为人民的教育事业鞠躬尽瘁。

《为民主与和平拍案而起——民主斗士闻一多》

闻一多早年与梁实秋等人发起成立清华文学社。赴美留学期间由对祖国的深深眷恋而创作著名的《七子之歌》。后在西南联大任教8年，积极投身于抗日运动和争取民主的斗争，发表了著名的《最后一次讲演》。

《铁窗难锁钢铁心——革命先烈王若飞》

王若飞是我党早期杰出的无产阶级革命家。在艰苦卓绝的斗争中，他出生入死，屡建奇功，以超人的睿智和胆略，在敌人的监狱中，同敌人展开了殊死的较量，为抗战的胜利和新中国的诞生做出了卓越的贡献。

《横扫千军　还我河山——抗联名将李兆麟》

李兆麟是东北抗日联军创建人之一，他率领抗日联军历尽千难万险与日本侵略者浴血奋战，在极其艰苦的条件下，保存了抗日联军的有生力量，为东北光复做出了重大贡献。

《锄头开出新天地——解放区大生产运动》

为了解决困难，渡过难关，党中央号召党政军民齐动手，开展大生产运动。中国共产党在其控制区域内发动的一场军队屯田和鼓励生产的群众运动，达到了自己动手丰衣足食，共度难关，既进行革命又进行生产自足的目的。

将军恨不抗日死
——慷慨就义的吉鸿昌

《生的伟大　死的光荣——女英雄刘胡兰》

刘胡兰，坚贞不屈的少年女英雄。生前对我国劳动人民的解放事业无限忠诚，在敌人威胁面前，大义凛然，毫无惧色，英勇牺牲，表现了共产党员的高贵品质。

《饿死不领美国救济粮——爱国知识分子的楷模朱自清》

朱自清作为爱国知识分子的典型，以锐利的笔锋直言痛斥反动政府的暴行，体现了他崇高的爱国情怀和不畏恶势力的精神品格。毛泽东曾给朱自清先生以高度评价："一身重病，宁可饿死，不领美国的'救济粮'"，"表现了我们民族的英雄气概"。

《为了新中国前进——舍身炸碉堡的董存瑞》

伟大的英雄，中国人民的儿子董存瑞，从儿童团长成长为一名光荣的解放军战士，在1948年解放隆化县城时，舍身炸碉堡，为新中国献出了自己年轻的生命。他的英雄形象永远留在人民心里。

《宁死不屈的共产党员——革命烈士江竹筠》

江竹筠，就是著名的江姐。1947年春，她负责《挺进报》工作，只几个月的时间，报纸就发行到1600多份，引起了敌人的极大恐慌。由于叛徒出卖，江姐不幸被捕，惨遭毒刑的残酷折磨，仍坚贞不屈。最后被特务秘密枪杀，年仅29岁。

《抗美援朝　保家卫国——志愿军的战斗故事》

抗美援朝战争是中国人民志愿军为援助朝鲜人民、保卫祖国安全，与美国为首的"联合国军"发生的战争。在朝鲜牺牲的志愿军烈士们，他们英勇的战斗事迹、保家卫国的精神值得我们发扬光大。

《上甘岭上壮烈歌——黄继光和他的战友们》

在1952年10月的上甘岭战役中，黄继光和他的战友们在零号阵地半山腰被敌机枪火力点压制，此时，黄继光身上已经多处负伤，手雷也已全部用光。为了完成任务，减少战友的伤亡，他用自己的胸膛堵住正在扫射的敌机枪射孔，为反击部队扫清了前进的道路。

《诗书印画　全入神品——国画大师齐白石》

齐白石出身贫寒，做过农活，当过木匠，后改学雕花木工，从民间画工入手，摹古人真迹，学诗文书法，融汇古今，而诗、书、印、画俱佳；他将中国画的精神与时代的精神统一得完美无瑕，使中国画得到国际的重视，无愧于"国画大师"的称号。

《毕生为文化而奋斗——中国第一出版家张元济》

张元济参与、主持和督导商务印书馆近六十年，使其从简单的印刷企业转变为当时中国教育出版的旗帜。张元济一生爱书，在中华大地动荡不安的年代里，他用自己对文化的热爱，续存着中华民族灿烂悠久的文明之光。

《独树一帜　梨园大师——著名京剧表演艺术家梅兰芳》

梅兰芳，京剧大师，演唱风格独树一帜，世称"梅派"。曾先后赴日本、美国、苏联演出，并荣获美国波摩那学院和南加州大学的荣誉文学博士学位。作为一位爱国者，抗战期间蓄须明志，拒绝为日本人演出，为后世称颂。

《华侨旗帜　民族光辉——爱国侨领陈嘉庚》

陈嘉庚是著名的爱国华侨领袖、企业家、教育家、慈善家、社会活动家。他为辛亥革命、民族教育、抗日战争、解放战争、新中国的建设做出了卓越的贡献。生前被毛泽东誉为"华侨旗帜、民族光辉"。

《向雷锋同志学习——伟大的共产主义战士雷锋》

雷锋，一个平凡而伟大的共产主义战士，一心向着党，一生秉承着全心全意为人民服务、无私奉献的崇高思想；发扬刻苦学习和钻研理论的"钉子"精神；坚持勤俭节约、艰苦奋斗的优良作风。毛泽东为其题词："向雷锋同志学习。"

《人民的好公仆——县委书记的好榜样焦裕禄》

焦裕禄，被誉为县委书记的好榜样。他用自己的革命精神，展开了与大自然、与社会落后现象、与病魔的多重抗争，让我们领略到一个共产党人的生之伟大、死之壮美的人格品质和具有现实教育意义的精神魅力。

《文学巨匠　京味大师——人民作家老舍》

老舍是我国现代小说家、文学家、戏剧家。他用融入骨髓的真诚文字反映生活的喜怒哀乐。老舍的一生，总是在忘我地工作，他是文艺界当之无愧的"劳动模范"，生前被北京市人民政府授予"人民艺术家"的称号。

《革命老人——无产阶级教育家徐特立》

徐特立是一代伟人毛泽东的老师。他出生在贫苦家庭，大部分时间生活在动荡艰苦的年代；他刻苦勤奋，不畏艰辛，追求光明，一生勤俭，为革命培养了大量的人才；他对党和人民任劳任怨，鞠躬尽瘁。他坎坷奋斗的一生，留下了许多可歌可泣的故事。

《人生能有几回搏——新中国第一个世界冠军容国团》

容国团先后担任中国乒乓球队运动员、女队主教练。获得1959年男子单打世界冠军；1961年夺得男子团体世界冠军；作为中国女队主教练，1965年率女队第一次夺得女子团体世界冠军。他的"人生能有几回搏"的豪言，举国传诵。

《石油工人一声吼　地球也要抖三抖——铁人王进喜》

王进喜，新中国第一批石油钻探工人。他为祖国石油工业的发展和社会主义建设立下了不朽的功勋，在创造了巨大物质财富的同时，还给我们留下了宝贵的精神财富——铁人精神。他被评为"百年中国十大人物"，写入中华民族的光辉史册。

《做人民需要我做的事——著名地质学家李四光》

李四光是一位伟大的科学家，他一生从事地质学研究工作，足迹遍布祖国的山川，为祖国探明了许多地下宝藏；他创建了崭新的学说——地质力学；他历尽重重困难，为正确认识地质构造开辟了一条新路。

《中国化学工业的先驱——著名化学家侯德榜》

为摆脱纯碱需要进口的窘况，20世纪初，怀着"实业救国"梦想的中国化工先驱侯德榜等人创办了永利碱厂，并立志生产出中国人自己的碱。1926年，永利碱厂终于成功地生产出"红三角"牌纯碱，从此中国制碱业得以跨入世界先进行列。

《毕生求是 一丝不苟——著名科学家竺可桢》

著名科学家竺可桢献身科学研究；治学严谨，一丝不苟；一生廉洁，两袖清风；作风民主，爱护学生。他以爱国之心、报国之志，从一个民主主义者逐渐成长为一个共产主义战士。

《热爱自然的大地之子——著名植物学家蔡希陶》

蔡希陶，五十载风雨，五十载坎坷，五十载奋斗，五十载开拓，为了发现对人类生产、生活有用的植物及新物种的引进而做出巨大贡献，在中国的植物资源学史上将永远镌刻着他的名字。

《高洁无私的襟怀——知识分子的楷模蒋筑英》

蒋筑英是中国当代知识分子的先锋典范，他不为名，不为利，尊重科学；他以坚忍的毅力和顽强的作风，在科学的道路上呕心沥血，鞠躬尽瘁，无私地奉献了青春和生命。

《迎接新生命的天使——卓越的妇产科专家林巧稚》

林巧稚是国内外享有盛誉的妇产科专家。在五十多年的医学教育和临床实践中，林巧稚亲自接生了五万多婴儿，治愈了数千病人，培养了数以百计的专门人才，为我国的妇女儿童事业做出了不可磨灭的贡献。

《独自成千古 悠然寄一丘——国画大师张大千》

张大千是20世纪中国画坛最具传奇色彩的国画大师，无论是绘画、书法、篆刻、诗词无所不通。在艺术界深得敬仰和追捧，艺术家们用真挚的感情，用绘画和雕塑展现了"张大千"多彩的艺术形象。

《建造中国的通天塔——著名数学家华罗庚》

中国当代著名数学家华罗庚，为中国数学的发展做出了无与伦比的贡献，他是中国解析数论、典型群、矩阵几何等多方面研究的创始人与开拓者，也是我国最早将数学理论研究与生产实践紧密结合的科学家。

《问鼎长天　强我国威——两弹元勋邓稼先》

邓稼先是我国著名科学家，参加组织和领导我国核武器的研究、设计工作，从对原子弹、氢弹原理的突破和试验成功及其武器化，到新的核武器的重大原理突破和研制试验，作出了重大贡献。是我国核武器理论研究工作的奠基者之一，被誉为"两弹元勋"。

《敢叫天堑变通途——桥梁专家茅以升》

中国著名的桥梁专家茅以升从小立志为祖国建造桥梁，经过不懈努力，他不仅设计建造了一座座宏伟壮观、坚固实用的道路桥梁，而且搭建了一座座友谊之桥，为祖国建设作出了卓越贡献。

《蘑菇云之梦——核物理学家钱三强》

被誉为"中国原子弹之父"的核物理学家钱三强，更名后立志于科技报国；24岁投师于世界著名核物理学家居里夫妇；与夫人何泽慧合作，发现铀的"三分裂""四分裂"现象；统领我国的原子大军，做了大量创造性工作。

《两离桑梓地　满怀雪域情——领导干部的楷模孔繁森》

孔繁森，是一位一尘不染、两袖清风的好干部。两次进藏工作，历时十载，为西藏的建设、发展和稳定作出了突出的贡献。1994年11月，孔繁森不幸以身殉职。人民群众称他为新时期领导干部的楷模。

《摘取数学皇冠上的明珠——著名数学家陈景润》

陈景润是享誉世界的数学家，为了证明"哥德巴赫猜想"，他以惊人的毅力在数学领域里艰苦跋涉，终于攻克了世界著名数学难题"哥德巴赫猜想"中的"1+2"，创造了中国乃至世界数学史上的辉煌。

《学术独步　饮誉四海——享有国际威望的科学家卢嘉锡》

卢嘉锡是一位在国际科学界享有崇高威望的物理化学家、化学教育家和科技组织领导者。1945年，卢嘉锡满怀"科学救国"的热忱回到祖国，对中国原子簇化学的发展起了重要推动作用，他所指导的新技术晶体材料科学研究，也取得了重大成绩。

《德艺双馨　梨园楷模——著名豫剧表演艺术家常香玉》

常香玉1941年赴陕甘演出。1948年在西安创办香玉剧社。1951年为支援抗美援朝，率剧社巡回西北、中南、华南各地演出，以演出收入捐献"香玉剧社号"战斗机一架，素有"爱国艺人"之誉。

《文学大师　激流勇进——著名作家巴金》

本书以巴金生平和主要事迹为线索，回顾和展示现代著名作家巴金的一生，以期让人们看到巴金在这风云变幻的100多年中，有过成功的欢欣，有过屈辱的磨难，有过痛苦的忏悔，有过平静的安宁。巴金的人生，映照着一代中国五四知识分子坎坷而不平凡的命运。

《壮心系科学　孜孜为国昌——理论化学家唐敖庆》

本书讲述了唐敖庆从出国求学、业业有成、回国任教，到服从安排、艰苦工作、刻苦钻研，最终成为中国量子化学奠基者的过程。让人们看到了这位著名化学家的赤心爱国、严谨治学、大公无私的崇高品格和科研上的卓越成就。

《中国导弹之父——著名科学家钱学森》

当第一颗原子弹升空的时候，当中国的人造卫星奏响《东方红》的时候，当中国运载火箭腾空而起的时候，当中国研制的导弹准确命中目标的时候，人们都会想起他的名字：中国导弹之父钱学森。

《中国近代力学的奠基人——著名科学家钱伟长》

钱伟长曾以中文和历史两个100分的成绩考入清华大学。九一八事变后，钱伟长毅然放弃了文科的学习而转为理科。他是中国近代力学、应用数学的奠基人之一，在固体力学、流体力学以及航空航天领域，取得了卓越的成就，为新中国的现代化建设付出了毕生的精力。

《中国光学科学的奠基人——著名科学家王大珩》

王大珩是我国著名的科学家，中国光学科学的奠基人。他先在清华就读，后赴英国求学，学业有成，立志科学救国，其成就享誉神州。他以科学的求是精神和赤诚的爱国情怀，探索着中国光学发展的闪光之路。